如茵诗歌
— 集萃 —

如茵 ◎ 著

国际文化出版公司
·北京·

图书在版编目（CIP）数据

如茵诗歌集萃 / 如茵著 . —— 北京：国际文化出版公司，2022.8
ISBN 978-7-5125-1425-6

Ⅰ．①如… Ⅱ．①如… Ⅲ．①诗集－中国－当代 Ⅳ．① I227

中国版本图书馆 CIP 数据核字 (2022) 第 111829 号

如茵诗歌集萃

作　　者	如茵
责任编辑	侯娟雅
出版发行	国际文化出版公司
排版设计	晴海国际文化
经　　销	全国新华书店
印　　刷	天津中印联印务有限公司
开　　本	880 毫米 ×1230 毫米　　32 开 10 印张　　200 千字
版　　次	2022 年 8 月第 1 版 2022 年 8 月第 1 次印刷
书　　号	ISBN 978-7-5125-1425-6
定　　价	78.00 元

国际文化出版公司
北京朝阳区东土城路乙 9 号　　邮编：100013
总编室：（010）64270995　　传真：（010）64270995
销售热线：（010）64271187
传真：（010）64271187-800
E-mail: icpc@95777.sina.net

序

湖面掠过一只蝴蝶
望你凝视于它　典藏珍翼……

对一个天性愉悦的人而言
这本书拥有你所希冀的欢颜

自然美好令人歌咏　艺术遗梦旷境
爱情甜美雨濛风景　人性永恒天树
周遭芳香怡人　一只夜莺在歌唱素华

树叶凋零　苔陨之时
我们曾共同贴近美好时光

回忆在漫延

听　纯真呼吸　远方朦胧召唤

目 录

一. 世界著名油画诗集萃

俄罗斯风景油画诗集萃	002
法国风物油画诗集萃	013
法国风景油画诗集萃	016
世界精选油画诗集萃	022
世界名画故事诗集萃	027
世界古典油画诗集萃	037
沃特豪斯故事诗集萃	052
世界唯美油画诗集萃	063
卢浮宫著名油画诗集萃	072
英国油画诗集萃	077
世界人物、风景油画诗集萃	079

二．世界馆藏油画诗集萃

海上风暴	086
五月英格兰——黛西家的早餐	088
曼彻斯特油画	091
浪迹艰难岁月	094
母女天涯情	097
生与死对决	099
水中奥菲利亚	101
许拉斯和水泽仙女	104
约瑟芬皇后	106
威尼斯贡多拉	108
拉斐尔（一）	110
拉斐尔（二）	111
夜巡	114
煎饼磨坊的舞会	115
幽深朦胧月	117
拾穗	119
第聂伯河上的月夜	120
蒙娜丽莎的微笑	122
洪水中小婴儿	123

三．世界著名风景、人物诗集萃

爱丁堡故事	128
巴黎梦境	131

康桥柳风	133
特吕布湖	135
卢塞恩天鹅	139
佛罗伦萨之夜	141
圣保罗教堂	142
威尼斯少女	143
六月，一场花事旅行	145
维京人——北欧海盗（叙事诗）	147

四．英国风景、风物诗集萃

安格西岛没有夏季	156
穿过丛林——英国温斯洛乡间	159
达西庄园	164
到峰区徒步	167
巨人之路	172
玛坡山庄	174
斯卡伯勒海湾	179
印象苏格兰	182
高沼地旱水仙	185
英国可人儿	190
绽放水仙花丛——华兹华斯故	196
枕着忧伤——勃朗特三姐妹	200

五．现代诗集萃

爱春天毋庸置疑	206
明媚春颜——春色满园	208
苏州晓月	211
天空　路的记忆	213
青春耸耸肩	216
人之初悄临	218
胜利召唤前行	221
风鹏正举——江河日月海	223
理想家园颓颜	225
书畅	227
向日葵花盘	230
阳光开花	232
朝日凤阳	234
草原缰绳	236
琼汁玉露	238
近乡情更怯	240
十字架上成长	242
世情偶得	244
小溪流的欢歌	246
高歌猛志·大海	248
暴风雨降临	249
爱情剪影	250
风起苍澜　我的眷爱	252
想和你一起去海边	253

海誓	254
一朵风中含笑	256
山水合泽	258
金丝雀	259
秋意漫生	260
苏绣女	261
路过没有路的秋林	263
如逝的村烟	264
石坊歌	265
我走过郊外	267
青枝绿叶	268
云（一）	269
云（二）	270
胡杨老去之时	272
青春的云絮	273
解冻	274
婚姻的摇床	275
帕米尔雪原	277
回音壁	278
森林中雪庄	279
理想道儿	281
梅	282
竹影	283
垂钓人	284
给深秋铺一张草垫	285
遗失记忆繁华	286
呼吸人间	287

烛光中的父亲	289

六 · 古诗鉴赏集萃

和春咏梅	296
梅溪湖莲花	297
中式庭院	298
梧桐雨	298
梅瓶	299
茶欢	300
行笑歌	300
江南一枝春	301
渔颂	302
诗经,蔓草而来	303
周庄	303
漓江清韵	304

一

世界著名油画诗集萃

俄罗斯风景油画诗集萃

相会在彼得洛夫斯基

心心相印时刻
即使大雪纷飞也迷人

雨后

雨后是一张
种满草穗的纸
铺陈心底新绿
流溢清澈思绪
装帧朴素情感

乌克兰的傍晚

黄昏幽芬而浓烈
一杯烈酒陶醉其中
红褐色酒汁润山庄
夕阳 柔和 明丽
写意诗情画意
醉了探戈 一杯异域酒

村道

泥泞是
我们走过的路途
黄昏为我们铺设前景
倾斜的树飘摇风雨
流云时来荫蔽
绕过崎岖村道
星云寥廓
笔直而清晰

伏尔加河上的纤夫

褴褛终生附着
肩头勒累鞭刑
生活铅一样沉重
航船逆旅而行
我们和航船
浪迹天涯　无家归依
低云密布伏尔加河
灰色笼罩　困顿哀吟

白嘴鸟飞来了

白嘴鸟飞来了
喜悦跃然冬枝
郊野　田垄　庄稼
和谐音悦动起来
暮冬褪去厚重
善的　美的　复苏
广袤俄罗斯大地
晨钟暮鼓教堂
纯洁白羽

纷纷弥影留恋
甜美歌喉如春盎然

洗衣嫂

老妇人愁眉苦脸
瘦骨嶙峋思忖
洗衣工捣什衣物
洗衣房热气沸腾
喧杂而忙碌
他（她）们的衣着
和泥土一样黝黑
筋骨被榨干最后一滴汗

晨雾消散

希望
战争快结束
希望被压迫者
穷苦消散
风暴之后的马儿

格外安静
它们懂得噬草艰难
原本奢望得以滋甜

第聂伯河上的月夜

河影　灯影　云影沉沉睡去
一轮皎月明示夜空
呼唤十月风暴即将来临

边卡上最后一家酒店

寒雪覆盖莽原大地
车夫坐在冬夜屋外
沉思凝望远方　与温暖隔绝

冬日的夜晚

这般沉寂　昏黄
光晕透过窗户　温暖枯瘠

苏醒矜持的冬天　延伸地平线

索科尔尼克的驼鹿岛

迷人驼鹿漫步迟茵草原
心情散落于茂野溪涓
林木蓊郁葱峻　轻风淡然入云

冬景　霜

霜令冬桠清秀　云天如绢
微朦烟水一色
林冬渺渺一跃　飞花飘零残雪

橡树

树皮饱受风蚀蹂躏
愈发坚韧　粗鄙不堪的外表
足以应对任何一场生死考验

黑麦田

俄罗斯麦田的感情内蕴
　广袤　厚泽　深沉
任何一种语言无法替代

松林之晨

松林之晨　远山听见
　黑熊掌咆哮击缶
　　守望领地不可侵凌

密林深处

真理藏于鲜为人知之处

森林中的小溪

 林间晨曦跳跃
  阳光倾洒清亮
   林谧山坡流潺
    愿望如晖而至

森林远景

  遐眺山水烟蒙 一湖之巅
   峰峦勾勒思髓远迹
  历史风云起伏 浩渺萦水

冬

  深雪皑皑冬晨
   一只林雀立于枝头
  观望林冬性情
   白色温柔以待
  它觅到知音
   开始动人歌唱

橡树林中的雨

轻微淅沥声传来
　　惺忪悄然而至
林啾小路清新可人
橡树闻风而动

阿尔罕格尔斯克码头

鱼儿从未遭遇如此悲惨命运
人们津津乐道从它身边而过
　　航船停泊　人群熙攘
议论丰盛收获　同情者被搁浅

莫斯科庭院

春天迹象到来　孩子　昆虫
游散草丛　寻找闲暇乐趣
马尾荡起秋千　马脖松弛

屋顶　花园　教堂　阳光焕然交汇
蜂箱旁蜜蜂嘤翅　展开舞者姿态
天空趁势涂抹许多色彩

拉多日湖

鹅卵石静静躺于
　　拉多日湖的眼泪
　　　　船上故事缓缓流淌
清浅递进　渐深　直至天边
拉多日湖的爱情弥漫水之夜

晚钟

晚钟声起祷告时光
　　　她内心风景平静安详
指点迷津　救赎过往
颂词安宁仁和慈沐
善之光晕绕她身边

厄尔布鲁士山

黎明勇士攀越风暴
　站立雄狮驼峰
　山脊震慑罅裂

超拔兀立不朽精魂
　寒冬起誓巍峨
白昼之山起伏无尽

寂静的修道院

清澈小河蜿蜒修道院
晚霞层林尽染
静谧笼罩苍空
白鸽立于修道院顶
倾听祷告回荡崇真……

虹

雨后回眸瞬间
七彩希望应运而生

法国风物油画诗集萃

捡拾

晨影,绿影,树影,农妇弯腰捡拾一地树果,
琼浆脂溢,满地疏影……

闲织

暖阳和泽,树荫婆娑,斜映一池芳蕊,屋舍门庭
妇人农织,轻语,午后秘藏恬静。

暮炊

流水人家,恬淡怡人。黄昏藏匿枝阳,桥洞拱月,
古堡林立,户户暮烟相炊。

马扬

风痕而过,轻越栅栏,鬃毛扬尘,马尾辫荡。
掀蹄入林,浅草孜然,听从远道始唤。

泊舟

静泊塘帘,悄然如谧。寻觅湖畔芳草地,轻敲罅石音。
船夫思虑万千,晚钟声在祈祷。

湖光

假日,湖色芳汀,草地卧躺,小洲无浪,兰萍烟浮。
山朦初绿,美好时光悠然游走。

乳牛

和野花闲趣,品露水实蕊。晴空无语,憨厚敦实。
涉小溪,啃噬香草涧,回眸厚重。

牧歌

暖阳微醺,田野素实无华,人们割茬,觅果,伐木欢喜晨林。
田垄传来牧歌,生机葱茏。

树影

迎风扶疏,隽雅拂袖,倒影河溪。人们在树下翩舞。
春天迹象悄然,明媚阳光萌动。

夏荫浓密,深悠,有人远眺,沉思,惬望。
伐木可造屋,石桥欢天喜地。

山庄

河边浣溪,野草初谧。乳牛闲憩,安适恬静。

微风过处,羔羊甜美。裙叶舞动,蕙秀婷婷。

远山清朗,小船吹诵。晚霞映彩,星辰绘染。

法国风景油画诗集萃

晨曦

乳牛观望,农妇汲水,忙碌晨曦。乡村薄雾青冥,倾于水影。小船始发,河面静漪,草色茵茏。

远途

清晨绿荫林,他的狗和他一齐出发,前方道路逐渐茂密丰盛清晰。

泊湾

航船停泊海湾,海面微漾,思绪茫远,暂且搁浅远方收获期待。

丰收

金黄色,时季到来,怀抱谷穗,谷垛堆垒小丘。
马儿勤于农耕,真情流露旷野。

暮炊

夕阳,锦瑟霞姿,散落山朗,沉淀如玉。
野鸭,欢息暮林草蒲,树林愈发幽翠,碎石小路延伸。

野旷

原野,绿色波浪,和天空交汇,濡春明亮跃动。
晨麦,憧憬起伏,如幕铺展。

海涯

海浪有些忧郁,浅蓝色浪花渐逝,遗落,她的美并未随之退潮。

坡景

斜坡牛羊，夕阳归家，还在眷恋夕阳温度。
陡坡上人家，目睹晚色沉寂山庄。

春晨

河边村落还未苏醒，牛犊已绕村轻慢散步。
饱满初春即将到来， 春水流溢葱茏纤绿。

屋舍

屋舍花蔓垂蕊，树木高蔌茂耸，草野菲色芬芳，
晨空清墨铺展，周遭玲珑可人。

世界精选油画诗集萃

不相称的婚姻

百合就于泪水供养,瞬息枯萎。

深渊

暴风雨前悸痛,深不可测解救。

女占卜师

卜卦月桂和玫瑰花的圣徒。

宫蛾

飞入宫廷的金蛾子,晨曦起舞。

野卉

大好春光,明媚乍现,郁金香漫野。
姬百合香甜,清风浅尝,过动人处。

闲暇

午后,村民们在享受农闲、捉树虫、打野果时光。
河水幽芬林间,短暂闲荡。

麦垄

麦垄耕牛,踩踏麦茬,深耕泥泞。它们领悟
多么深刻,土地蓦然铭心。

牛犊

饮水,解饥,林间色彩;奔跑,拂阳,过原野。

夏雨

水溢,悄然而至,浸没晚霞,几朵云絮,
浮于水光,暮色航远。

风车

风车错落,翻飞村道,田庄,清空风景。
水流汩汩,片刻不停歇。牧歌欢畅,流淌茵色。

郊阳

斑驳覆盖村道,岔路,遮掩迷离阳光。
白光炽烈,小河里人影弥留绿荫丛。

麦芒

风吹刈麦,翻卷金色年华,丰收日程即将来临,
闲趣人,而今逗留在何方?

荷池

静谧,漫漾池塘,青荇丛生,柳条风止,浮鸭戏途晚归,
塘水写意,渐行渐远。

海伦娜·弗尔曼肖像

泯于内心火焰,她热烈爱着。

向日葵

胜者与生而来天性,朝气蓬勃。

西斯廷圣母

圣殿,爱,怀抱超越无私的力量。

自由引导人民

言语托举分量——激烈与伟大。

珍珠女郎

忧郁从内心风景投射明日阴影。

吹笛少年

拂过原野林事笛音,荷塘色彩。

晚钟

牧羊人,暮色祈祷温润羔羊。

画家和她的女儿

相亲相爱拥吻善美天使。

肯特海滩

史诗剧烈颤抖,海体倾覆狂澜。

月夜

静谧,朦胧,林间少女月辉忽明。

缠毛线

远山甜美如初,暮色温蔼相缠。

盲女

触摸彩虹心跳和鲜嫩草穗时刻。

白桦林

青春,茂密姿态散落光线林间。

繁星之夜

月晕,夏莲繁星曼舞,歌者如是。

蒙特枫丹的回忆

河边坠落芳香树果,远望紫云弥漫。

池塘边的三头牛

静谧咀嚼午后光阴,池塘柳色如茵。

桃花开满园

天空,山峦,田脉,满园一朵紫陌桃花。

世界名画故事诗集萃

犹大之吻

叛徒隐藏在幕后
他说着甜言蜜语
出卖亲吻的瞬间
正义的利刃割下了他
口蜜腹剑之舌
祭奠封闭之吻毒液

梅杜萨之筏

海上飓风夭折船桅
海水云涌楫筏
抛入浪尖　坠落渊谷
遗弃之罪肆虐蔓延
海浪颠簸　裂帛撕裂
祈祷上苍也无济于事
饿者开始露凶

杀人割肉啖食
快渡我们沉潭劫难
求救呼号釜底深海

安德鲁夫妇

安德鲁夫妇拥有庄园
袤土　华丽马车和丝绸
在他（她）们眼里
艺术这块颜料陈列布
抵不上她足上小巧银靴
艺术家则是一群
骑于马上自诩落魄者
他（她）们斜睨且自得

油灯前的抹大拉

油灯前　她的
膝盖安放一具头颅
抚摸爱人　陷入忧伤
他（她）们有同样的颧骨
而今心灵　思维仍保持一致
他在倾听她的所为

听她虔祈忏悔惘声
欲火从此影灭纵焚

迦纳的婚礼

歌舞升平婚宴
耶稣门徒纵情酩酊
名流　画师　乐匠
贵胄　商贾　华丽云集
赫赫有名施法奇迹
点化琼浆玉液　众人瞠目
桌面翔音跳跃　斟酒鸟鸣
鼓乐回荡钟鸣鼎食
圣经　布道　律法全抛却
威尼斯上空　人间
晴空欢宴绚丽迷离

牧羊人的朝拜

多么喜悦孩子降临
绿茵　茂野　丘陵
威尼斯郊外田园诗洞
玛丽亚一家蓝曦晨雾

接受牧羊人牧歌朝拜
惠赐一颗含露童心
带来家族清阳
山洞口群晖清朗
阳光朗照小手　嫩肌

舟发西苔岛

高大榕树下
爱神正眷顾她们
维纳斯幻游海澜贝彩
出发远航　舟发西苔岛
蹁跹舞凤　花荫溪水吻别
温柔纯情　爱情瞬间捕获芳心
可爱小天使瞥见　扑动翅膀
喜悦欢颜　赫映海边暮华

在威尼斯迎接法国大使

贡多拉穿上华服
圣马可大教堂
尊显到来　华彩奕奕
圣马可钟声祥曲利多岛

白鸽吉光片羽圣马可广场
鲜花丛蜿蜒威尼斯河巷
微笑簇拥大运河畔
搭乘迎接贡多拉水旅
安康圣母教堂华晖丽映

阿卡迪亚的牧人

阿卡迪亚牧人们经过墓碑
此刻晚色微岚　林风疏淡
他们驻足议论碑文
碑文仿佛依稀刻着：
我听见了阿卡迪亚笛音
他（她）是位
诗人　哲学家　普通者？
他们对生者揣思
他（她）的思邃埋于阿卡迪亚
月之影落于牧人牧杖

维纳斯诞生

风之神招来海风
她站在贝壳上

她的爱似秋末忧郁花朵
盛开即刻凋谢
凝想美人鱼爱恋之幻
轻曼爱琴海海面
花神献上纯洁　海夜
她的　流思凄美

荷拉斯兄弟之誓

三把利刃寒光凛冽
英雄在阵前抛颅血
言语铿锵誓言前夜
国家至尊无畏浴血
红袍莽征铁骑踏裂
胜利归来歃盟河山

雾海漫游者

他在雾海哲思　浮沉
雾瘴壅塞他思绪
沉凝　远眺　深邈
当他老去　仍屹立山顶

帝国历程的毁灭

惨绝人寰席卷帝国
辉煌宫殿雷鸣浩劫
乌云翻涌骏波飓浪
顷刻烟灭噬欲城空
徒留虚无空寂残垣
凄凉死海渺无人烟

华盛顿横渡特拉华河

浮冰上骁勇　如履薄冰
独立战争　黎明凛舰
考验华盛顿意志
黑森军层云　虎狼鹤唳
马匹撕裂特拉华河
胜利与死亡　选择真理

岩间圣母

岩间山水幽朦
圣母玛利亚
嘴角露出微笑

小耶稣　约翰　小鸟朝颜
听圣母讲述　岩间故事
泉水淙淙　韵蔼光线
落在宁静花朵　草地
岩洞　豁然华晖映射

创世纪

腾跃生命力量
悬于辉煌天庭
与平凡人世间
划分光明　黑暗界限
爱　赋予亚当和夏娃
创世纪伊始
日月星辰瞩目
花蕊灿果勃然生动

世界之光

请开门
今夜我带来光芒
令荆棘不再刺痛
灯　为你照澈暗角

唤醒泯灭良知
蝙蝠盘旋上方
它是黑暗缩影
请为我打开门
我提着灯
圣洁与你一同入座

肯特海滩

一股原始力量
与自然抗衡
海浪瞬间吞噬苍穹
龙怒之剑刺向咽喉
航舵隐没万丈啸澜
生命告急意念摧毁
搏击撕碎海蛇蟒皮
挣脱深海厄咒府邸

最后的审判

放下绞索架
给头颅蒙上黑面纱
剖开肋骨　威严审判

战争罪孽推上断头台
失却的痛楚怒遏狰狞
大地庄严罅裂
战死者们纷纷苏醒
神圣等待最后审判

水中的奥菲利亚

她已然遗弃爱情　名誉
随波清溪地
周遭幽兰清芬　浸润芷蕙
和她们一起浮漾芳丛
水中的奥菲利亚
花样静谧……

世界古典油画诗集萃

雅典学院

博古通今的人
思索宇宙永恒命题
古希腊天文彗星
晶耀宙斯光殿苍穹
几何巅峰领航音乐
揭幕艺苑启蒙真理
阿波罗　雅典娜之神
伫立典藏神学院

迷失的仙女

第七颗
最亮的星辰迷失
自我雨林陷阱
吟诵失美之躯升空
贞洁沉沦欢爱情旅
背影沉思点缀夜澜

春

强暴者掠夺春天琼枝
在那片盛开柑橘林
维纳斯玫瑰欲坠
静静观望春色灰暗
丘比特之箭
射于三美女神花园
在爱情到来之前
她们心花怒放翩舞

入睡的维纳斯

风神缎造柔美体形
入睡夕阳光晕
山峰起伏自然心灵
绵于广袤思绪
纯净明隽吻合苍茫
蕴美流传于世
毓秀颜庞
安谧芳草风景湖畔

博士来拜

伯利恒上空
出现一颗星星
三博士引领
智慧沐霖琼露
牛马羊卉鸟金碧燏乐
纷纷贺愿喜吉降临
群臣服拜于地
身后告别星月光芒

抱银貂的女子

吸引她的是恋人眼神
目光流连缱绻
内心风景
脉脉温情激荡
而嘴角并未流露
爱之话语
她抱着那只银貂
她轻抚过的温存

朱庇特与忒斯提

烈火　洪流　吼狮　蟒蛇
吞噬纠缠她的爱恋
她不愿回到珀琉斯身边
戒谕谕告
令她痛彻肺腑
委身于他的热情已燃尽

诽谤

诽谤者挥舞棍棒
嫉妒　仇敌揪住真相
于昏庸王者前
巧舌如簧　凶险毕露
落难者如履薄冰
真理裸露在外
上苍集思聚慧
人间嘈杂不值一提

桌球

欢乐乡村闲暇晨午
温蔼浸没喝茶 聊天
绅士小姐们谦恭礼让
乳孩嬉笑 天伦情绻
心湖私语 羞怯张望
桌球在俱乐部
旋舞 滑翔乡野情感
宁馨漫漾微笑时光

四重奏

高贵
自然美乐
崇礼田园星辰
弦色铅华如风
夜鸣秋山凤岐
溪流丛溢
诉音轻润婉转
指尖流过林间菲语

萨宾妇女

爆发母爱峭岩力量
磐石屹立对峙滔海
手擎天氅箭虹
鏖战狮口魑魅
英雄本色浩然
还我宁憩安馨家园

法兰西寓言：智慧战胜无知

智慧驾驭马车
向法兰西衮土奔跑
愚蠢漫无甩道风姿
前方光明树影彤彤
勇气与艺术召唤
凯旋门文明耀憬

抢夺留西帕斯的女儿

留西帕斯的女儿
已到成熟之季
金色光芒窥伺胴体

紧绷古铜魅力
力量爱神强行劫掠
两朵娇妍梦境
爱情盛景还是残陨
惊悚昙花一现

美惠三女神

爱神　美神　贞洁女神
献之于鲁本斯花怀
爱神掩饰真情
美神羞涩敛爱
贞洁女神心湖潋滟
爱情伊甸园春花万朵
百花献给歌咏挚爱
起舞生命激情朝颜

普赛克第一次接受爱神之吻

发髻芬芳吸引
丘比特向她靠近
普赛克的眼神
山雾渐入迷朦

初吻柔情令她忐忑
优雅魂坠幽谷
爱情悄然怦动
袤泽高沼升华

泉

向往
从手中
精致陶罐流泻而出
泉姿巧雅细脉汩汩
清澈激情奔放足底
涌动美的渴望倾慕
自然初绿
沁入青春涓体
少女眼神兰芬待开

纺织女

造美使者纺纱绣朵
快乐旋转指尖机札
内心缫丝
明亮而慧净

贵妇人们赏析乐道
劳动歌声中
古老纺锤栩栩如生
欢笑锦绘神话悲喜

有舞者的风景

苍茫暮色午宴
高蕤繁茂
喜悦清歌　微微漫漾
阳光错落丘陵　河床
舞者舞动劳动激情
和谐韵致　风过悠遐
山庄　甜美如初
远山召唤　金色牛羊

小麦和莠草的寓言

牧牛津津有味啃噬
莠草潜滋暗藏
和小麦侵夺和泽阳光
身姿竭力高于小麦
庄稼良莠参差

牧牛识破伪劣伎俩
风和日丽午后牧场
农人安睡丰收梦旷

歌德在罗马平原上

歌德在构思
罗马的诞生与毁灭
爱　使所有人
复活　狂欢　陷落
诗人的眼神
落向银靴前方
神圣文明幕缀野果
丘陵起伏自然命运
刻于隽永诗行
一首忧怀歌吟
装点浮雕残垣

河边的渔夫

河边渔夫
正忍受妻子训斥
捉襟见肘的日子

矛盾日益加剧
渔夫耷拉颓丧脑袋
今天收获显然甚微
山崖经历夕阳诱惑
金子光泽为何留给
有钱人去装饰
崖边溪流缓缓流淌
光线有些暗淡

良心觉醒

他已有妻子
为何占据她的灵魂
欢爱只是瞬间
负罪却直至永久
蛇一般缠绕窒息
她不愿在迷途挣扎
泪水也毫无意义
钢琴奏响高音
她得起身离开
爱情并非交易
她的良心已觉醒

懒散的女仆

来客们聊得正欢
女仆在厨房趁势
打了个熟盹
陶罐茶盏倾倒一地
猫贼叼起鸟肉逃窜
和斟酒主人撞个满怀
"瞧，我的家多么生动"
"这一觉醒来，该上演
哪张偷欢滑稽脸蛋"

帕尔玛的玛利亚·路易萨

指尖花卉和
抿嘴姿态并不自然
但这丝毫不影响
她踏上西班牙王后红地毯
容颜会紧绷
西班牙将幸运迎接
天真　贤淑　温良
来到它们的朝气国度
这朵小花隐约看到
春天剧幕徐徐开启

一只死公鸡

它被主人高高倒挂
周末即将宰杀
丰满羽翅抖落一地
往日里
骄傲鸡冠一败涂地
命运就是这样
跌宕颠簸捉弄
神气之际的当口
怎知叵测降临
肥腴正切合肉食者胃口

厌世者

厌世者身披长袍
在旷野孤独踯躅
世界似乎
无情遗弃了他
来到这世界的初愿
已渐渐剥离
忧郁时时笼罩心头
他跋涉无望痛苦
秋末旷野呈现一派颓靡

苦饮

生活这杯苦饮的酒
令他歇斯底里
衣着不修边幅
满脸胡子硬茬
暴躁而愤世嫉俗
命运一边播种
一边除草　而他
对收割的热情已殆尽

叫卖小贩

膝盖露出破洞
脚踝旧布裹扎
面容愁苦黯然
秋声叫卖日渐嘶哑
他的眼神急欲
逃离众人视线
卑微树叶被风干蹂躏
灵魂已蜷缩在暗角

时间之神下令老年摧毁美丽

美丽肌颜逐渐
被年轮剥夺生命活力
步入干涸荒漠
嫉妒无法排解
已消逝的青春惆怅
眼神流露遏怒邪念
这一切离死神渐近
拿什么花束装点祭坛?

慈善

怀中婴儿嗷嗷待哺
男孩和女孩依偎身旁
她凄美而哀婉
她们在阳光的身后
罗马石柱下憩留
目光空洞令人垂怜
慈善婉辞鲜亮而明丽
谁来施舍明日希望?

沃特豪斯故事诗集萃

林中遐思

她在遐想中,度过这样的黄昏
芳华遍野,他何时归来
同谁一道归来

五月蔷薇

玫瑰已然采摘,芳香手音温婉
娇美人儿如花潋滟,赏悦她芳魂

春季

春季入田野
玛格丽特雏菊遍生,野花清纯自然
美人儿心花怒放,吐蕊春芳菲

荷塘水仙

　　她们在荷塘睡梦，绿漪柔蔓
　　衣裙荷气微动，梦境紫娟芬芳

献花

　　献上一束真挚的花，我已老去
　　我的心热恋五月芳穗，阳光赐惠稻麦

洗礼

　　　　接受心灵洗礼
　　　莫使心在暴风雨夜挣扎
　　交付于你真情，一切并非突如其来

祝福

　　祝福你远航无恙
　　　握碗的手不再颤抖
　　暂时的宁息，眼澜告诉我
　　　海之凶险，今夜怎能恬谧

花园私会

  谁在阻拦我的爱情
    对你的爱一往情深
  今夜我得向你倾诉
    不管你藏羞怯与否

风之花

  谁打湿她的衣衫？
  谁撩动她的长发？
  这般刻意拂过，谁能接受？

  是五月轻风，斑斓少女心事。
  是五月微雨，点缀少女情怀。

  这盛情，花之语，五月在盛开。

水之女神

  别掠走她的爱，她将如风而逝
    海浪追随爱恋，令她痛不欲生

奥菲利亚

高贵的人儿幽然独处
林间野花清素而迷人
和百蕙纯洁一致,将她覆盖

睡神和死神

她依偎在他身旁,和他同日里梦境
灵魂敏锐之时,爱与童真苏醒

夏洛特女子

她的笑容浮出幽蓝湖面
谁经历过她的险恶小船
她诅咒船底潮湿而阴暗

许拉斯和水仙们

美,时时诱惑
魂不附体的人
他被无情拽入水仙花泽

被施法的花园

　　罂粟花开满施法花园
　　　女人们在花园外徘徊
　　　　她们得不到心中所爱

　　春天这般美好时光
　　　花容无情紧锁禁锢

野玫瑰

　　野玫瑰芳香令她惊悚
　　　他的爱渐行渐远
　　可她手中的绢帕还
　　　　余留昨日余温

吻别

　　请带上我离开，交付于
　　你的心怎可亵渎
　　你的眼神告诉我真切
　　　我已洞察秋毫

镜中人

　　散开她的金色长发
　　看到空旷留存美颜
　　　青春腰肢柔软
　　镜中已忘却昨日一切

海边梦幻

　　她的手按住跳动胸脯
　　　　衣裙，发辫随翠浪起伏
　　眼眸凝望，海边沉思
　　　　　直到海吐露真言

远眺

　　风景这般迷人真切
　　　　如她质朴无华素语
　　远眺容她思忖
　　　　有人暗窥她的秘密

织女

  她欲将遍生繁花织锦
  凝息之际,她的素颜
  和针底彩绘,已悄然入画卉

草地聚会

  这是怎样一群美颜人儿
  衣裙野外吐蕊
  红草莓为她们成熟
  溪流潺潺颤音
  所过之处　婉转莺语
  兰花心底怒放

水晶球

  她晶莹剔透的心思
  延伸窗外幽谧林间

  手中那只
  玲珑水晶球
  随之旋转舞动不已

敬酒

喝下这杯绿色清酒
　　这颗晶莹剔透爱你的心
烈焰红果转瞬绿蟒毒液

航船

　　　海风荡漾
蛊惑歌声考验你的眼神
　是否愿载我的小船
渡我一起坠入迷醉深渊

水泽水仙（一）

她的善咒，恶咒藏于妆匣
　打开，爱之蛇将她纠缠
　见到他那一刻才松开

水泽水仙（二）

  她已然陶醉复仇
   忌恨妒怒，失爱之涩
   使得她失去昔日姿容

水泽水仙（三）

  她的眼神使水波寒战
   邪念深入水底
   长发披散，语无伦次

水泽水仙（四）

  她在丛林中奔走
    要寻回遗弃之痛
  哪存半点温良蕙质

水泽水仙（五）

  她的腿被金丝捆缚
     她在挣扎，并未停歇
  她试图夺回金色所爱

水泽水仙（六）

  她的恨意并未消退
     尽管他仍在等待
  她试图复苏良知
     试探是否尚存真爱

水泽水仙（七）

  她只是向他示爱
  而他的力量不能将她
    长久束缚于身……

水泽水仙(八)

　　她游回
　　凄美水泽深处
　　那是她的栖息地
　　从此安宁……
　　邪恶并未改变她容颜
　　她始终美若天仙……

世界唯美油画诗集萃

塔希提岛

守夜
沐浴　饮琼浆树果
天堂鸟饰羽
他（她）们纵情欢会
直到礁岛暗淡
原始古朴沉睡岛国

瓶中花卉

五月花开尽
怎有您
心头这几朵娇美
深夜绽放的
黄玫瑰　红玫瑰
绿叶爱情陪衬

莫奈葵园

他的青青葵园
不被人打扰
只有天真孩子
每一朵
葵花鲜亮明绘
向阳而热烈

无名女郎

黑貂外套　白羽礼帽
眸角　唇廓
神楚动人
黄昏藏于深稳内心
她登上剧院主角
马车上光晕

春光

春天林中荡起秋千
她在他耳边倾诉热雨
柔和普照芳蕙　音润甜美

红衣男孩

他在
沉思明日愿景
和他红衣一起奔放
一束光华赫映脸颊
照澈晨空谷语
红光里饱满的孩子

丁香花束

一束丁香点缀花园
少女的春天怎能或缺
写一首小诗赠予卉爱
三月里的小雨遗失耳簪

吹肥皂泡的男孩

他在
五彩斑斓里寻找
城堡舞靴
在幻灭瞬间远眺
梦里溪境

戴珍珠耳环的少女

　　活泼
从她眼神跳出
　　月夜灼灼珍珠
少女抿嘴浅笑
　　皎洁轻盈渐近
涟漪微漾轻柔

女骑士

她坐姿挺拔
骑于骏士参加马赛
轻越栅栏　众人远眺
黄昏为舞蹄者
撬开一枚金色扇贝
忽闪跳跃海夜珍珠
赛马场
因她出现哗然喧动

早春

浮冰融化之季
春天显露清华河影
厚雪获释自由
质洁归还大地
田垄脉动
流经朴树　袁野
俄罗斯早春恢复以往常态
阳光清亮雪层　隽透明心

贝壳

黄昏给她
安上一对贝壳羽翼
恬静沉睡贝壳之夜
流云翕动贝息
小雨浸漫贝夜
衣裙点缀斑斓贝幻
眼睛透射海澜贝彩
她微笑宛如蚌贝珍珠

披纱巾的少女

拉斐尔艺术
光蕴投射她身上
眼睛流露
洞明世事神韵
母性天性跃然
少女红唇纯情楚动
她得到拉斐尔情义
腼腆大自然之夜

暴风雨

暴风雨
并未能如愿以偿
克洛伊和达夫尼斯两颗
相爱的心在林间奔跑
他（她）们互受爱慕吸引
深情甜美雨濛风景
圣洁之爱令他（她）们
奉献爱神日光

秋千

秋千快荡漾到天上
他（她）俩畅舒欢欣
岂能辜负了这
繁花盛景　林间千姿
那欢声笑语
良辰幽语　属于（他）
她们短暂目遇时光
花丛遍野　潜滋暗长

破壶

天生明丽动人
娇妍妩媚
手腕上的劳作破壶
这并不意味她
选择放弃追求幸福
投入单纯幻想热恋
不切实际虚慕
那只破壶彻底碎裂

牛轭湖

这条重生湖泊
在枯枝
被击毁一瞬间
霞艳茂林丛涧
迎送金色阳光
俯瞰大地优姿
思索生存
这块土地傲人之处

舞蹈课

一群野天鹅
浮游夜湖
惊动树上指挥者
她们忙于自暇
舞姿零乱
月辉尾随鹅影
莲叶轻覆舞鞋带
嬉散于水泽深丛

日落

无数朵向日葵
在极光
感召热烈明晖
绽放极致葵果
诞生田野希望
落日喷薄涌动
灿璨光焰
余晖极夜光朵

秋叶

金秋旷野
堆垒起斑斓落叶
结束了生命的签约
等候造化虚渺美好
留恋,伤感拂过
少女们脸庞
日光往事纷飞而逝
遗落一地

卢浮宫著名油画诗集萃

蓬巴杜夫人

蓬巴杜夫人
博学显而易见
蓬蓬裙
支撑巴黎交际界
她的才干　美貌　爱恋
蓬蓬裙上花卉为她增添
一笔浓重油画釉彩
我们所见　凡尔赛名角
豪奢贵伶　自有苦衷
穷苦人们在宫门外

银行家和他的妻子

银行家喜欢
把一个篮子金币倒向
另一个篮子增加称重

目光专注心无旁骛
妻子则喜欢陪伴他
闲聊商情度过晚时
谁的金币
都不会轻易从天而降

丐童

凡尔赛皇宫外
丐童蜷缩他的角落
光线照向他褴褛衣
虱子从衣襟蹦跳出
榨吸他童血
他和它们一样
生存肮脏黑暗一隅
水果在陶罐旁发霉

愚人船

愚人们
将真相悬于树梢
涸海沉沦　狂嚣
声色犬马　吹拉弹唱

愚妄戏游暮光　愚塞汪洋
狂謦之言坐的木船愈发沉重

诗人的灵感

阿波罗
心头在流血
爱情从空中
递给他灵感瑶琴
诗情歌吟午夜忧伤
光华辉耀月桂额头
智慧天使飘逸空旷
身后树影光明婆娑
今夜
他忘却于丛林

小丑

稚童
戏剧身段　滑稽真纯
苦难强作欢颜于街头
辛酸处一袭丑衣遮掩
摔倒痛苦时刻
哄笑爬起手舞足蹈

打牌作弊者

总有人
戏法比她高明
牌局暗藏玄妙
浑水摸鱼当口
方块 A　红桃 B
悄然隐匿
结局
总是装模作样
瞪眼　不欢而散

艾普松赛马

一股奔腾河流
山脉力量
啸澜长空　激情磅礴
勇往无惧眼神
燃烧战事烟廊　飞扬沙尘暴
策鞭马鞍　凌空涉溪越野

农家室内

他(她)们朴茂恬静
等待命运安排收成
安享素谧晚餐后时光
笛声摆弄小酒杯　陶罐
明早和乳牛出发田垄间

午餐前的祈祷

孩子，来做午餐前祈祷
端盘子的手应该圣洁
身体端坐　不能迷失林荫
逸言话语捂住耳朵
眼睛清澈　观望隐约湖水
有人带你进入金殿花园

但丁小舟

灵魂逝流　泛滥冥河之畔
囚徒撕扯地狱之坻洪流
但丁之舟　斩浪驶向天明涯

英国油画诗集萃

读情诗（一）

读着情诗
她脸色绯红

那个黄昏
她的心为之激荡

爱情不知不觉降临
她有些手足无措

他影子在云海沉浮
时影时现
该如何回复爱

睫毛闪动的片刻
她动情遥望窗外
小雨声清晰而甜蜜

情诗上写道：
您的爱，雾一般迷蒙……

读情诗（二）

您应该感受到
我此刻的心
按捺不住从扉页跳出

问候您的吻
马车在窗外……

世界人物、风景油画诗集萃

雪中猎人

猎狗尾随猎人下山坡
林鸟打破雪寂
人们寻猎，剁柴，炊火
静穆林却美得惊人
村庄　莽原　雪路起伏
尼德兰晨冬并不令人失落

甘草车

马车深蹚甘草过河
清澈的小河斑驳树影
远方牧郊唱起村庄晚歌

金辉投影于甘草垛
小狗怔怔远望日里收获
农夫意兴话聊农情

孟特枫丹的回忆

金色晨曦
一触散发光芒
湖水隐约幽林深丛
薄雾手腕遗落野骨朵
孟特枫丹轻轻捡拾
河边欢愉果梦色彩

大碗岛的星期日

浪漫陶醉盛开午后
湖溪畔　悠闲垂钓
阳光树荫撑开伞骨
宁馨拂过优姿雅丽
裙摆舞动风掠姿态
幸福流淌恬静时光

女芭蕾舞演员

在柳影旋转
忘却自己　沉醉
缤纷炫彩舞台

舞动万物盛阳
舞动海浪柔蔓
舞动橙色穗麦
一个人的舞台
占据所有空间

克里斯蒂娜的世界

幻觉里
拥有
坚强后盾女孩
向往城堡彩釉梦境
荒原草野艰难挪移
空旷寂色　无垠爬坡
柔弱身躯如纤草
丰蕴内心照彻暮途

倒牛奶的女仆

粗布头巾　粗布衣裙
安分碌守厨房
她沉静倒牛奶片刻
早麦餐点和乳汁

散发清晨阳光特有

沉思柔顺气质

知足而安谧

嘴角微微上扬微笑

塞纳河和卢浮宫

漫步

塞纳河畔

卢浮宫线条沉稳

勾勒紫霰雾冬

塞纳河水微微颤澜

艺术桥光芒迎接

史诗页烨诗篇

音乐赞美辉煌耀冕

日出印象

橙色

霞焰朗照海水

一轮旭日

冉冉光彩海平面

港湾　泊船　桅杆

隐隐绰约蓝曦光影

一艘艘小船始离
迎向晨雾光明海

睡莲

在
他的午后花园
一朵朵华蕊待盛开
莲骨睡梦　柳影摇曳
柔荑舞轻曼
紫色荷塘　静谧午阳
这般美人间沉醉
西斯廷诗意

秋季

卢瓦尔河谷葡萄酒
倾倒入小河流
甘芬流溢枫树林
河边藤蔓　垂柳依依
松鼠　榛果　秋葵
美酒和舞蹈起舞时季
天鹅赏析皇家后花园
这一片私密幽憩地

二

◇◇◇◇

世界馆藏油画诗集萃

海上风暴

海面阴风愠怒
墨云翻滚
龙骨帆倾覆在即

海妖兴浪　海风助虐
吞噬骄阳　根底息脉

他不愿饶恕打鱼人
日日　折断海的翅膀

他们的爱人
金发美妇人们
荒芜海滩
席地匍匐　挥舞羽扇
神如土色惊涛骇浪

屏息红唇　偃息仇恨
平复烈焰　呼唤海神
还我安馨家园　迷途羔羊

《奥德赛》高亢
礁岩孤岛

海妖赛壬
美人鱼魔歌游荡

美妇人们脚踝　膝盖
鲜血汩汩
白骨累累　尸殍遍野
魔云雾瘴弥天

男人们一生披荆斩棘
该有多少次
命垂一线　和海妖斗法

五月英格兰——黛西家的早餐

明月隐遁清辉
杜松子　山风中　苏醒
鹧鸪恐慌　泥土惺忪眼睛
太阳金辉　自鸣得意
小绵羊寻觅　可心金凤花　樱蒿草
五月英格兰　绿翠朦胧　鸟语芳啼

黛西为孩子们系上　绿蝴蝶结
杰瑞挑亮幽明灯芯　餐厅鹅黄烨烨
老祖母青筋柔软　怀抱牛油细品慢削
柠檬汁　三明治　羊肉片　鸡腿堡晨舞招摇

孩子们围坐五月鲜蜜桃　红苹果
肉鼓槌咚咚　踢踏跺脚　蜂蝶蹁跹环绕
刀叉银勺弹奏《晨曦骄傲》
遥远　清晖古堡迷蒙高挑
春风似罗宾鸟　羽翼轻巧
知更鸟欣然梳理　清脆榕梢

风铃草　蓝钟花　玫瑰压弯枝条
粉绣球　紫骨朵竞相窗台歌谣

黛西家高头大马白鬃毛　绿项圈
它的眸子如同亚得里亚海水
比目鱼呆脑　任性又木讷

晨曦马头探入窗棂
"这样的群臣筵宴，绅士小姐们，我理应是主角"
五月沁芬美好　它仿佛只嗅见大面包

金发纤腰人黛西塞一片马铃薯把手招
"嗨！你早！我家的良骏得结实喂饱"

明艳早晨　温煦清朗
小马驹结伴田野
漫野撒欢　撒蹄奔跑
初蕊呼吐新鲜
松鼠果子寻欢作乐　自在逍遥

英格兰五月　黛西一家
溅瀑玎琮　清雀欢歌

蓝冠山雀逐鹿飞翔
清空安怡慈柔绿野怀抱

随感：

小诗选材自英国画家弗雷德里克·乔治·科特曼名画 One of the family（《家人之一》）。

黛西一家的早餐充满英格兰乡村活力，鸟雀、古堡、高头良骏，春天盛开的漫野植物、花卉、孩子们的欢悦，令一家人的早餐如栩栩声歌，清晨的向往从风趣画面迎面拂来。

曼彻斯特油画

金牛犊的崇拜

晨曦唤醒梦魅
金牛犊降临苍穹山巅
壮硕　华美　俊朗　聪慧

那是福祉指点歧路　祈福苍茫
草野紫丛葱绿
少女翩然起舞　农庄吟吟颂歌

金牛犊赐惠饱满　丰润粮仓
晨风轻扬金色阳光　金线希望

劳作

铁锹作画　甘泉饮露　鲜花草笠
吮指捋发　蜂蝶匆忙　孩孺欢跃
拐杖探头　果实微笑　金雀教堂

紫水仙潋滟　恋人情话

天空敞怀　燕尾姣俏　稚子笙箫
鼻烟鼾息　鸡咕溅粟　丽人伞下

好一幅艳阳市井趣画

我身后的女孩

嘿！花边草裙粉桃姑娘
别急着回花园家

篱笆墙外　听我说句话
今晚乡村舞会可否赏光

你是谁
声音这般耳熟

容貌俊逸骑士勋章
高头大马
羽帽军靴菊瓣襟扣

意中人儿啊！
赧然娇羞
萤火虫忽闪乱撞

回眸一笑
我父母在身旁
午后溜出悄悄细话

随感：

这几首小诗根据曼彻斯特艺术馆著名油画而创作。

第一幅 The Adoration of the Golden Calf（《金牛犊的崇拜》），当金牛犊晨曦降临英格兰高冈，人们在清空下绕野蹁舞，崇拜金牛犊降临人间，祈佑丰收幸运。

第二幅 Work（《劳作》）描绘集市上人们赶集、劳作的热闹纷繁世俗情态，夸张谐趣，展现中世纪英国人民对日常生活的热爱。

第三幅 The Girl I left Behind Me（《我身后的女孩》）描绘花园里花边衣裙女孩和老父母推入自家栅栏门，身后传来招呼声，一菊瓣襟扣，高靴白羽帽的俊朗军官，挽高头红鬃马绳，邀请女孩参加乡村舞会，女孩欣喜娇羞回头模样。展现出英格兰少女情窦初开，对未来美好的回应。

浪迹艰难岁月

"托尼·约翰"　随我漂泊流浪
"雇马车　披斗篷　丝绒坎肩"
英格兰荒郊野岭
遍地是狰狞白骨　饿殍利牙

伦敦塔桥搭帐篷　顿踣颠沛
有的是锄犁褴褛
富贵人坐享
马铃薯　枯蒿梗　荣华

可恶鼠患窜入病狂
寻欢作乐　地窖秘藏
真菌孢子漫天飞扬

伦敦塔楼　飞灰湮灭
呼号　悲泣　恐慌　绝望
晨钟暮鼓月夜回荡

"托尼·约翰"
我们逃离伦敦
去寻找远方

田园牧歌的家

倦鸟栖息可欣窠巢
金蝉缱绻秋日煦阳
小羊依傍母羊柔酥
炉边炊火静沐温情

父亲
眼下我们哪里去寻找？

英格兰沼泽泥泞　歧路蜿蜒
寒流夭折羽翼
天空黑鸦彷徨　草垛枯寂萎黄
山坡荆茬遍地　平地狼烟如霜

咽下荒郊桔梗花
面如繁缕杂荨麻
蓬头炊烟无人家
树篱石垒暗忧伤

"托尼·约翰"孩子们
扛起锄犁　备齐褴褛
随我漂泊异乡
无尽流浪　四野八荒
草垛黝黑

湿泥蓬荜

泪雨倾盆

"托尼·约翰"和衣躺下……

随感：

英格兰一八五〇年遭遇特大鼠疫，真菌孢子随风吞噬无数生命。这场灾难令百万人死亡，人们流离失所，民不聊生，逃难场景随处可见。小诗依据英国油画 *Hard Times*（《艰难的岁月》）构思"托尼·约翰"一家背井离乡情节而展开。

母女天涯情

无云的夜
清辉朗月　慈柔氤氲
小羊羔安睡软窠巢

玉琥珀眸子
静谧酣甜　雀跃欢喜

蓬软鬈发
阳光草稞芬沁
日子涓脉细流　温柔如水

两颗跃动的心
似雨虹霓裳
枝繁叶茂　心意绵长

纯真　善美　无瑕
百合花叶　芷兰玉洁

柔荑思绪　春天舒畅

谷鸟唧啾　泉风和送
茂林深篁　翠色徜徉

明烛月夜　灯炉孩子的家
今夜无眠
母女情深　芳草天涯

高尚
敲响万世　依偎钟声

一对华美天使　张开翅膀

赏析：
小诗以卢浮宫名画《母女情深》为创作素材。作者伊丽莎白·路易斯·维瑞，法国十六世纪盛名女画家，风华正茂之际，被邀请入凡尔赛宫作画。

画幅上《画家和她的女儿》母女慈柔温婉，纯真，善良，美丽，紧紧相拥，枝枝叶叶情意绵长，心儿似衣袂缎带蒂连，情真意切，那万世的钟声也不能将她们此生分开。

生与死对决

生与死的对决时刻
爱与不爱都已走远

走向涅槃重生旷野
生之希冀　死——无望眷爱

烈焰弥漫烽火　剑弩血脉偾张

华威城堡垛口　纤麦翠野
远方军队如蚁奔涌

晨曦号角　骑士盾牌　明辉鞘剑

不为锦衣玉食贵胄　权杖宝石
不为华袍加身钦羡　至尊荣耀

高贵自由永恒　信念膜拜

军勋无须高悬英格兰
仰望星空　烨烨华彩
丛林荆棘旱水仙　默默平凡

生与死的决战　直至窒息　决裂

山陵　草野　炊烟
溪流潺涓　无尽爱恋

水中奥菲莉亚

雷欧提斯的妹妹
哈姆雷特的恋人
大臣波洛涅斯的爱女
提着一篮子欧石楠
迷失雏菊　紫罗兰水岸

她要逃避世人皆知诽谤
她编织清芬萱草花
悬挂凄迷阳光树梢
了却她的无望爱恋

水柔荑　紫藻荇
铺满她丝柔闺阁床
菖蒲深丛舒展身姿
口嚼春幽迷迭花香

她枕上蒲苇叶
追梦溪流　哀怨命运

雏枝勾住她精致花环

她的芳魂　贞洁纯良
恬静地睡去　睡去……

哀戚苍白
盈握清野菊芬
一条柔弱无骨美人鱼
清澈小溪浮漾……
榕树下浪漫柔情蜜意
掠过淡淡过往忧伤……

春天的花萎谢卑劣阴险
凋零天真软弱单纯迷茫
初纯爱　温蕙　淑良
此刻荡然无存

清澈淹没她颈脖
绿枝悬挂她绝情忧伤
阳光欲坠　蓓蕾音殒

带走迷惘　守望
一丝丝　金色希冀
浸没丛林水花

她在纯净天堂凄美　浮漾……
春天娇艳勇敢绽放泽林深处……

许拉斯和水泽仙女

古希腊英雄赫拉克勒斯
驶船安然抵达边塞欧斯岛

他的美俊挚友许拉斯
一头亚麻色鬈发
眼神皎洁如阿波罗月色
眉宇俊朗精致远胜
宇宙和赫拉之子阿瑞斯

海岛密林有一片藕花池塘
瓣瓣翠玉盘荷叶舒展夜色
一群冰肌玉骨水仙花少女
浮漾绿墨萍水泽戏游娇嗔

她们玉肌如美瓷雪颜
白棠动容　眉色浅静
山涧金蕊插发髻
眼神迷离游离
惊动水仙花神

娇媚蛊惑　羞涩矜吟　脉脉含情
她们多么渴望　痴迷爱神降临

许拉斯循声而来情不自已
水泽边仙女拽住健硕的他

翠色湖面绿荷叶风痕舞动
涟漪惊呼浓情绿枝
是那般季色朦胧

许拉斯俨然迷醉众花芬
湖面雾障淼淼　凄美绝艳

赫拉克勒斯失爱如狂兽呼号
幽梦蓝湖倒映许拉斯剪影
一只青铜汲水罐晃悠水泽

阿尔戈英雄最著名凄美神话

随感：
　　小诗依据曼彻斯特艺术馆收藏的沃特豪斯著名油画《许拉斯和水泽水仙》而创作。
　　古希腊神话故事中，英雄赫拉克勒斯的英俊伴友许拉斯来到荷塘汲水，受到美艳绝伦的水泽仙女诱惑，被拽入淼淼湖中，和水泽仙女渺无踪影离去，英雄赫拉克勒斯痛失挚友。

约瑟芬皇后

跪拜拿破仑帝王
接受盛大尊荣
皇后加冕礼

锦绣皇冠
镶嵌帝王爱意
美人坐拥江山
琼蕊瑰丽娇艳

啜饮葡萄酒　赞美诗
啜饮风云诡谲　政坛野心

俯身拜谢皇恩　那一瞬
美人裙裾　妒火眼睛
踩踏在即　凤尾羽翼

你是祭坛一只
衰微残喘小鸟
奄奄一息落寞寂寂

空谷一庭艾兰
飞鸿一缕清影

幽林
留你孑然一身
蓊郁寡欢

溪涧
一颗凋零的心
华褪　暮色迷离

拿破仑爱妻
约瑟芬皇后

皇恩挚爱过眼烟云

威尼斯贡多拉

她身着墨绿丝绸衣
颈脖围系金雀缎带

发髻插一朵紫罗兰
小蛮腰环绕明月光

似一弯沉舟月莲芽
微醺坠入深海蓝眸

波浪起伏爱恨柔肠
柔酥手捡起猜忌花瓣
假面舞会装模作样

她盛开鲜花馥郁容颜
假扮英俊少年歌唱

威尼斯宫廷筵席高鼎
商贾贵胄川流深巷

她载着《圣经》上教堂
掰开高利贷贪婪
算计欲望

她裸露……
残酷自私卑鄙恶心肠
颂扬　美貌　高尚

她载着
安东尼奥　鲍西亚
善良　正义
古道热肠
她载着　夏洛克
伪善大奸商
招惹
莎士比亚　口诛欲望

意大利爱女玛格丽塔

威尼斯明珠贡多拉

拉斐尔（一）

在庆典的当日
你的名字已承诺不朽

在凋谢的那一刻
连同器物上的彩绘
一并祈求声情并茂

生而不凡

拉斐尔（二）

华丽圣殿里有一颗
正直仁慈心地

他的离世
导致草穗瞬间枯萎
那些画悬于天庭
沐浴阳光般恩泽
和众人恩宠
闪耀明目，愈加辉煌

大地留下精致笔触
惊动雀羽，衣袂翩动
众宴欢会
人类幸福辰光
竖琴，鼓瑟，百卉
天使相和鸣

天空明亮色系
他的思虑，单纯，明净
仁爱，众享，乐土
恩泽迂缓降临

大地因他战栗
丘比特之箭
射于玛格丽特
他的爱神，的确
美丽动人
乡野绽放羞怯
给她戴上皇冠微笑
流传今世芳蕙

皇家贵誉赐予他
他赐惠与众，浮云般
升入天际，看！
落下金币雨！
仆人们衣钵托举
那是他们
明日果腹粮食
信心滋生
沉思的眼神深邃
与爱浑然一体

赞美缀满琼宇
金子般
怜悯之心
娓娓道来
这儿有永恒宁馨天国

邪恶只是一笔淡淡掠影

美
不是昙花一现
而是和激荡青春
晨曦无数次相遇
光芒有目共睹

夜巡

夜巡者踩踏月夜,幕沉沉陨落
杀戮已沦为正义反抗作俑者

长枪,长戈,一触即发
黎明决战杀伐,腥风不寒而栗

冲破雾瘴,突袭侵凌
战争,交织迅耳敌忾

雷霆霹雳闪电
行者们黑暗巷恐慌不安

硝烟破窗而入
倒于幽冥堇色　血途前夜

空气,神色凝滞,瑟缩战栗

功勋崇礼,在夜幕前灼然锃亮
考验前列弟兄们无畏奋勇

荼蘼倒地,血溅相戮光线
今夜,注定和历史同榻

煎饼磨坊的舞会

阳光投射斑驳树影
旋转舞厅,晨风轻悄
日光和着节拍微动

玻璃水晶灯白炽剔透
炫动飞扬,日舞更迷人
喧哗声雀起

时髦舞裙,燕尾
成为露天舞会常客
磨坊街舞会奔跑起孩子

高脚杯浅斟威士忌
诗歌,雕塑,绘画,音乐
议论古典怡人优雅

欢笑不知不觉漫漾
甜美的红樱桃性情

舞步,自然,轻快
女孩脸庞泛起红晕
内心,自信涟漪宠幸

幸福甜蜜时光归属

应有青春流波

眼角，唇廓，悦然柔和

巴黎磨坊街人影幢幢

出挑点缀她们轻姿曼舞

幻影是这场舞会

最好的情感馈赠

午后宁馨湖心

苋紫色，粉蜜色垂蕊

旋转巴黎色系浪漫柳荫

幽深朦胧月

小丛林
青绿色紫雾笼罩
朦胧苏醒幽深村晨

穿过潺湲晶亮小河堤
浮现微朦城堡
青冥山朗天色如绢画

筏船耕犁
乡野闲织
暖阳风吹甜美

夕阳安宁静谧
遥望山庄清歌晚归

林场马蹄悠然轻快
丛林染绿四野星辰
野果坠地撒欢蹦悦

云雀清影林间隐匿
落一地金羽赞美诗
悄然漫步幽深朦胧月

温煦清晨湖色烟朦
晨钟声起静美甘芬

和梦境不期而初遇

拾穗

裹上头巾,农耕布衣
俯身弯腰,汗涔满面

麦野刚收割,快去捡拾!

金秋桦叶无心恋赏
我们索要仅止于此

简屋,马匹装帧所有财富
我们关心的是果腹颗粒
温饱遗漏在麦茬地

爱它们如爱子
阳光赐予穗食我们都爱

金秋麦野庄重而安详
和大地表情一样凝肃端庄

我们疲惫不堪,心思饱满

拾穗者布袋满载而归
金穗和秋果多么芳润甜美

第聂伯河上的月夜

幕压压云层
震慑第聂伯河上空

黑黢黢河道
窄窄勾勒　月夜轮廓
河影月晕清癯

灯影　星影沉沉睡去
悬空　无影泯灭
白嘴鸟　风影影寂

厚土黑氅　饱蘸浓墨
莽原　宣誓十月意志
鏖战布尔什维克风雨

云影晦暗残卷
静夜劫掠　月光清华
流云罅隙　清亮

夜巅之光
悬于　玛格丽特珍珠
皎洁　高贵　傲人

赫立大地之尊
莹泽夜冕　群晖黯然

冲破黑暗 胜利永属人民

蒙娜丽莎的微笑

  影藏

 光 影 内 蕴

  非凡魅力

她的微笑

  从未被质疑责难

完美所见

  日冕下的荣耀

目瞩智慧光明

  众神托举

卢浮宫圣坛

  华服熠熠

洪水中小婴儿

他做着星星和月亮　耳语甜梦
他的褐桃木摇篮形如　小酒窖
小溪水四处流溢　馥郁酒芬

田野里和风轻柔
麦穗谷粒　风中饱满
慈母　抚摸他
金穗嫩颊　低声哼哑

藏匿野外的小羔羊
太阳金辉　明月皎洁清朗
恩宠你无畏坚勇　仁爱力量

他听着听着　木酒窖开始颠簸摇晃
他听见枯树枝　咔嚓断裂
村庄轰然倒塌　溪流急促奔跑

他的小黑猫站立酒窖湍流
瑟瑟观望　瞠目惊恐
晚霞消退　暮景残光
一只褐陶尾随颠簸流浪

他的小粉脸煞白
肉嘟嘟小手盈握一根草穗
目色凝视一线天光　金发耷垂

他们绕过草垛　木栅栏　马厩　羊圈
密雨击打小酒窖　褐陶罐　轧轧作响
越激流勇滩　过阡陌高岗

天籁之音拨云见日　奉献光芒
淼淼遥远一只小船　曙色而来

三

世界著名风景、人物诗集萃

爱丁堡故事

天空弥漫丝丝阴郁
偶尔盛开明丽骨朵

王子一英里大街
青青草色爬坡蔓延
鲜花迎合风琴招摇
金铃女郎轻轻曳风

爱丁堡死火山岩
古炮　战车　剑鞘
高悬盾牌　皇冠

阴森森　黑魆魆　古堡
司各特塔楼　剪影诡谲
玛丽金小巷　魍魉魑魅
苏格兰风笛　音谕飘渺茫远

荷里路德宫巨幅挂毯
麋鹿坠落悬崖涛海
断头台骇浪滔天
苏格兰牧羊犬挥泪告别

爱丁堡大学美如画颜
高冠掩映天际云雀

广袤草野金发飘逸
教授抑扬诗颂苏格兰

邈远琴音溪流潺涓
古堡焕发青春蓬锐
向世界召唤高蹈激情

桀骜沧桑高冷热烈
爱丁堡狂欢艺术夜
火把擂鼓面具盛宴
燃烧赤色古老天堂

冰美人　爱丁堡
屹立战车前沿
勇武无殇

随感：

苏格兰首府爱丁堡，是苏格兰与英格兰政权纠葛的决斗场。

它倨傲沧桑冷漠，希腊石柱肃穆，历史厚重深凝，塔楼鳞次栉比。城堡屹立死火山上，堡内安放战场兵器，地下监狱森然。司各特高塔千疮百孔，剪影黑黢诡谲，似万年炮灰垒砌。

玛丽女王在荷里路德宫加冕，女王丈夫在宫内遭炸弹谋杀，女王因图谋王位罪被送上断头台,荷里路德宫挂毯上绘有"悬崖麋鹿"图案。玛丽金小巷人们最先感染黑死病,封死在内自生自灭。

漫步王子一英里大街和爱丁堡小巷口,渐近黄昏,阴森森气息弥漫,仿佛在鬼城漫步。山巅俯瞰暮色城市,犹如进入古堡迷殿,令人魂困魔法小说。

苏格兰为摆脱英格兰强大统治,坚持使用苏格兰货币抗衡,并将人世浮华冷眼静观。爱丁堡具有独特高冷、淡漠气质,高旷不可一世,历史风云孤寒胆畏。小诗讲述爱丁堡发生的真实历史故事,爱丁堡大学的蓬勃前行力,外冷内热爱的丁堡人的保守性格。

讴歌苏格兰人民勇猛无畏,争取独立自由勇士魂魄,前行姿态永不垂幕……

巴黎梦境

我梦见手中碎金碎银抛洒
繁花盛开一树一地　夺目金光

忧郁王子将头枕上她柔软膝盖
鬈曲金发人儿安抚他额际忧伤

田园红绒绿翠明丽遍野
轻言耳语吹送和风麦浪
花瓣滴露酒窖流溢芬芳

塞纳河畔
馈赠午夜金黄石榴

无花果紧紧拥吻
忘我隐匿深幽暮色
莫奈紫色浅静荷塘

香榭丽舍大街
商贾名媛小酌月光

品茗凡尔赛巅峰气度
浅斟卢浮宫九曲回廊

拉冬娜喷泉锦鲤万斛
凯旋门煜煌盛世荣华

埃菲尔高度真理仰止
波旁王朝　狂风海浪

火树银花狂欢舞宴
领结花边纵情巴黎天堂

康桥柳风

轻轻　轻轻
于藻荇交横处

清浅柔波里
我熙春寻梦
温柔而来

拂堤柳岸梢
蔓枝声轻扬

水仙草色丛
扶苏目春烟

康桥小河畔
朵蕊隐窈窕

今晚　星河赋月
不再是静默康桥

虫鸣花芬
氤氲草雾霭
才子柔情绕

念佳人　空怅惘
任无情亦有情
离别笙箫

康桥　碧弯凝水
追忆路迢迢

水穷云起
轻踏，康桥，是否
依然涌歌，胧月依柳？

特吕布湖

瑞士铁力士雪山
冰封千年皑皑白雪
小松塔苍翠蝶衣
别有洞天

雪山脚下
湖淙淙,牛羊叮当
安然悠闲啃噬青草
绿茵草坡衾垠延伸

山黛雾凇缭绕松塔
一幢幢尖顶红白墅
童话鸟巢若隐若现

雪山山腰
一条清亮白云腰带
特吕布湖畔
清宁幽谧深旷浩渺
水色清华清冽
湖底秘籍深不可探

湖天际

阿尔卑斯山脉
云雾吞吐万壑千岩

升腾涌动高远情思
吹送松风鸟语
昆虫隐匿冰封雪洞
等待初雪消融自由舒展

午后倾洒灿灿黄晕
紫丛雾霭笼盖四野清空

鲜美芳草　藻荇碧涟
黄昏幽明云影
小森林似星空眸睫
湖面涟漪俏皮泛浪
松鼠活泼蹿入塔林

叶芽儿船渐入
深不可测茫远湖臂弯
些许恐惧愈加弥漫
小森林撩开美目面纱
美少女转瞬女巫怒火
再不能向前迷恋

深呼吸

群峰清朗气息
沉睡心灵
单纯美妙纷至沓来
指缝间　味蕾边
清芬流转世间美好

我真不愿离开
氤氲花香雾霭湖央
宁馨瞬间
晶亮水幕清浅挂川

有一纤弱少年
形单影只
惊恐向我们靠拢划来

我知道
他害怕幽邃暮色丛
森林水蛇　毒蘑菇　艳草莓
吞噬他健康明朗身子骨

我们也害怕
渐浓夜色魔爪突然侵袭
和少年一起奋起桴桨
快点离开　快点离开
阿尔卑斯山脚下

一丁点儿蛊魅销魂
一颗猫眼晶亮宝石

特吕布湖
起伏萦绕心胸山脉
久久难以忘却

铁力士
阿尔卑斯雪峰
如瀑如幕转瞬挥别

随感：

特吕布湖瑞士铁力山脚下，一条宁静清幽、渺无人烟森林中的小湖泊，周遭阿尔卑斯雪峰缭绕，云雾冉冉升腾，涧鸟鸣于翠松，清丽脱俗，湖底深不可测。邈远尽头，一座座小森林，影影绰绰。迷雾深处，摄人魂魄。

那迷人的风景，魅惑你靠近，忘却凡尘，进入梦幻府第。然，渐入森林浅草，愈感恐惧，它有一种迷障面纱后的吞噬感，命运险遭不祥厄运。

少年单桨带着恐惧驶来，最终逃离险境……

卢塞恩天鹅

卢塞恩湖心亭
悠游一群
优雅白色贵族
颀长
柔软骄傲颈脖
仪态万千
恰如春风沐浴
鲜花卡佩尔桥畔

它们拥有
皮拉图斯山雪颜肌理
恰似一尾尾
小巧玲珑蚌贝珍珠
依山傍水波光潋滟
生趣活泼浮现
巴洛克式教堂湖畔

翠衣青黛
山野　草地
梦幻天鹅湖
瑞吉山森林奏鸣
贝多芬《月光曲》
浮游中世纪廊亭绿波

它们颈脖

打着圈儿　绕着弯儿
晴日暗藏心语
深深植入纯真朴茂
传递丝丝幸福
相拥友谊与天真

塔桥一尾尾
芙羽　如云出岫
红喙雕琢　欢娱良辰
眸子掠劫　世情百态

高贵　知性
遨游百年鲜花丛
西方雕梁画栋
瞳瞳红屋绿幢
哥特式如画琉森

湖央明珠
哭泣的狮子
羡慕她们如此幸福

幸运女神降临
无秽之爱人间
卢塞恩的骄傲
淡漠世间浮华
只爱她们
漫游度过的好时光

佛罗伦萨之夜

坐在她对面,星空物语更明亮
缄默,缠绕夜斓发丝,妙曼纷飞

路径雏菊星行,鸟儿语无伦次
她只是微笑,含羞,什么也没说

一切已足够美好,风掠过和柔
向日葵金舵

远处蝶翼张望,风月,时光拂过
脉搏起跃,被过往抑制如初

佛罗伦萨音乐
想起那里盛开的锦簇月季

夏,打开一扇扇窗,合拢呼吸
扑面而来菏泽米兰,婷婷生辉

她嘴角抿笑,恣意,瓷韵
泼墨丝绸,清丽,雅致,绵胭

瞬间回忆放下,留给佛罗伦萨梦魇……

圣保罗教堂

人头攒动的集市
隐匿罪恶的门徒

华丽的饰品
掩盖不住邪恶裸衣

无论激情如何洋溢
流浪汹涌海涛
冲垮理智，言语多余

爱情在幸福中离恨
情感始终偎依

赐予征服世界力量
宝剑遗失幽闭心灵

道德擅长以忠诚见证
窥伺天机
有一语明示显现穹顶

威尼斯少女

威尼斯面具背面
藏有爱情的泪

猜不出晚宴上
他又爱上了谁

威尼斯海水波澜跌宕
今晚月色阴晴幽明
恋人心思起伏不定

商贾云集谈论公道
唯独遗落少女的心

善变人儿翩翩起舞
游移不定的眼神
面具遮掩说谎的嘴

英俊人儿会变老丑
收拾残局时刻无比沮丧

一支烟一支烟地猛抽
鲜花掩盖不住残垣衰败

贡多拉华服水涨船高
贵宾盈门络绎不绝

一睹皇宫雍容华美
海岸零落一地欢宴面具

穿着鲸骨裙纯洁的心
她有些惶恐不安
对他的爱如此忠心

六月,一场花事旅行

六月,一场花事旅行到来
铃兰,薰衣草,紫缀兰蔻
任意蔓延

风柔和绵软,葵百合甜香
鸢尾河边
划过一对鹭鹤清影

莲心事半开半合,月影失色

指甲上莲蕊精致,随性迷惑
莫奈的笔颤抖了一下

荷池,紫丛绿影,红粉垂柳
六月的法国午后
花事浪漫,坐拥静谧

芬芳郊野,温煦花园,盛开
花都香水美人
梦寐湖央柳,等倾慕邂逅

香槟,罗兰,金发

塞纳河畔盛容
晚蝶们为花事纷繁忙碌

相遇离别诗夜
美好断断续续铺展
静塘涟漪晕开朵云

维京人——北欧海盗（叙事诗）

18 至 20 世纪
欧洲席卷漫天沙尘暴
赤色天空似火焰
山洪海啸　生灵涂炭

随风夜潜

夜色诡谲吮血獠牙海盗
鲸骨船长风破浪夜潜约克郡

那里有约克郡良民　肥沃羔羊
海盗们渴望牛油　焦烤面包

牛头马面

维京海盗们发如八月霹雳
六月荆棘　三月荨麻

豹头环眼　狼火荧荧　颌巴锋锐
寒森利刃半人高　双手啸天斧　暴厉狼戾

风暴浩劫

焚烧草屋　侵占城堡　骚扰修道院
掠劫谷物　摧毁十字架　逐戮妇孺

约克郡良民锄犁农具家什一力拒守
手无缚鸡之力　轻巧头颅如泥刀削
封豕长蛇　凄唳四起　哀鸿遍野

跋扈疆域

海盗们驾驭
鲸骨船长驱直入
波罗的海　俄罗斯　诺曼底
西西里　意大利　冰岛　格陵兰岛
峰峦如晦　波涛迷瘴　夜色眦裂

细说"盗行"家

海盗们被誉为　"骁勇战士"　"杀人魔王"
号称能工巧匠　航海舵手　天象行家

擒拿格斗　磨刀霍霍　贸易游说
生意交际　游刃有余
约克郡蜡像馆貌状栩栩如生

棋盘为营　石粒布阵
亚麻衣　蔬汁泅染
和草泥砌茅墙　造屋凿壁开窗牖
秋冬腌渍牲肉　削牛骨制梳篦
头骨镂空酒盅饮　锅碗瓢盆木桶饭
琥珀蜜蜡串珠宝　白银铁铜铸器皿

造船术可谓举世瞩目
橡木船身　柞木桅杆　龙骨横梁
龙头凤尾鬃翘　劈波斩浪　高歌猛进

斯坦福德战役

英国国王
盎格鲁—撒克逊哈罗德[1]
岂容海盗跋扈殃民
斯坦福德大战一触即发

800 号挪威人[2] 圆盾　长剑　长矛
双手斧　箭矢　马匹　亚麻皮革
枕戈待旦　蓄势待发

---

1. 哈罗德——英国国王。
2. 挪威人——维京士兵。

哈拉尔[1]重挫英格兰伯爵
捷足先登约克城堡高垛

哈罗德军士身轻如燕
疾步川流　日夜兼程
断壁残垣　短兵相抵　兵戎相逆
马匹撕裂　寒光凛冽　楚歌啸天

哈拉尔自诩"天地摧毁者"
力拔山兮　咆哮眦目　山崩罅裂
哈罗德处之晏然　了无遽容

哈拉尔讥讽哈罗德矮个
哈罗德佯装驽钝

哈拉尔鲁莽中计
矛戈剑弩　逆水寒冰

神箭手伺机潜伏
疾矢流星
哈拉尔一剑封喉

虎啸犬吠马嘶龙吟
万马齐喑　风声鹤唳

---

1. 哈拉尔——维京国王。

寒光肃杀　戎马伏地
龙血玄黄　风卷狼烟

哈罗德慈悲宽宥休战
挪威人武勇当先　誓死方休

挪威人一巨士据桥恪守
斧锤击槊　削铜剁铁　斩金截玉
英格兰勇士血色残阳倒地

英格兰先锋足智多谋
水中捞月　扭转乾坤
利刃破膛（桥）　斩关夺隘
挪威巨人呜呼哀哉……
黎明曙光　战事血色映染

哈罗德厚葬哈拉尔
饶恕其子奥拉夫　感天动地
奥拉夫誓言：
挪威人铁骑至此远离英格兰

三周后再战

威廉公爵率诺曼人登录英格兰
英格兰广袤高沼人人垂涎

西斯廷斯战役又燃烽火狼烟

哈罗德将士提刀百步林
铁骑霸业追骁虏
盎格鲁—撒克逊时代壮烈终结

历史星空铭刻
英格兰国王哈罗德
击败北欧海盗
挪威入侵者——哈拉尔
哈罗德将士,虽死犹生

四

◇◇◇◇

英国风景、风物诗集萃

安格西岛没有夏季

安格西岛
 　　北威尔士　迷人风光

澄空流碧　　云浪　　翻涌
　　海面　碎金　泛银
海水　天光云影
　　变换　绚蓝　色系
团团　嫣红　茸草
　　弥漫　山野　罅隙

无垠　绿草坡
　　绵羊　安卧　骏马　漫步
怒放　石楠花　紫荆
　　偶有　两三丛　旱水仙
　　相映私语

这儿
　　旷野　　空阔　　清怡

狂风呼啸
　　　袤野　与　悬崖
金发女子　躺在
　　　悬崖边　看　天际
须髯老人　弹拨
　　　硕大　竖琴
弹指一挥间　安格西岛
　　　从春　跃入　秋季

礁石　延伸
　　　象牙白　塔楼
古堡壮美　端庄
　　　遥入　海的腰际
　　　　海　拍案　惊起

山色　青黛　迷蒙
　　　极目　无尽
踩碎石　呼吸　海风　芨芨草
　　　藻泥气息
　一切　孕育　萌动　生命力
透露
　　　勃勃　腾越　生机

安格西岛
  人们　生活富裕
 庭院　紫罗兰　怒放　姿韵
城堡　小艇　悠闲　放牧

威尔士人民
 深深　热爱芳草地

安格西岛
 没有　夏季

随感：
 如诗所绘，这是首描写英国北威尔士海涯迷人风光的诗篇。
 那里，常年丽日，啸风狂澜击打礁岩，象牙白塔楼，古堡，礁石。旷野，红茸草，石楠花，旱水仙，夕阳下牛马羊哞咩，安然与世无争。漫步海边清旷，海风拂面，苔藻涌动，一金发女子躺在悬崖峭岩边悠然看天，任狂风溅澜，仿佛置身琤琮海澜桃源。
 北威尔士没有夏季，一跃入秋。高沼地芨芨草起伏，风光迷蒙隽秀。充满着异域风情，清丽如画帛。盎漾着勃勃生机，跃动着生命的活力。
 威尔士人民深爱这块青草地，孩童湖溪垂钓，恬淡宁静小艇，悠然夕阳古堡霞影，只因为它没有夏季。

穿过丛林——英国温斯洛乡间

英国 Wimslow 乡间有一片丛林
丛林深处传来叮叮咚咚
小溪流　榕梢清脆声
穿过丛林经过一片花园
阳光从金色缝隙
撒落瓣瓣金黄甜心叶儿

阳光挽起千红万紫
缤纷大花篮
亲吻它额头眉发
将它挂在树梢上
竹篮里伸出
鲜妍美丽小手掌
指缝掐得出粉嫩汁液
少女们抿起薄薄粉唇
一大朵一大朵
多么艳丽可爱

孩子们捡起
摇落一地小掌心
编织花环美美颈脖
鲜花小脸娇嫩又鲜活

一路蹦一路拍手

雀跃把歌欢唱

小溪流发出潺潺颤音

知更鸟也激动舞起来了

丛林里站着一棵桑树

我仔细地看

和中国桑树一样高一样茂

翠绿翠绿蚕宝宝味儿

仿佛刚下过一场春雨

润润的软绵绵的柔酥

蚕儿在听雨

桑叶合欢沙沙声

我摘下一片带回中国

中国有叶儿妈妈　它依恋着呢

丛林里有一间黑屋

许多百年褐色陶瓦罐

一张张美丽少女矿土脸

她们多么憧憬期待

围坐一桌交谈

等待面包和未来到来呵

屋子里

有一架古老织布机

花边白裙花边帽檐
乡村金发女孩摇动机杼
纺纱笑盈盈
哼唱邈远苏格兰
"我给你织条面纱吧!"

我看见
一束束蓝格子乡村裙
天真　端庄　温文尔雅
诉说感动明月
古老村落
少女与绅士爱情故事

花园旁炊烟袅袅有人家
乳牛悠闲和阳光说着话
篱笆小院瓷娃娃看护
风种子菜秧苗儿
竹筒夹袄装　左右摇摆
探露小脑袋风中张望

Wimslow花园乡间农庄
英国十七世纪红砖墙
高塔楼　褐烟囱　大开窗
蝴蝶兰开满农庄脸颊
浅色紫荆　蓝色绣球

黄色水仙　漫坡遍野
她们咯咯地笑盈在
农庄月色莹亮夜梦

我听到小溪流频频召唤
丛林里一定还有一间小屋
美丽小天使天天唱圣歌
圣诞老人捎来红袜 坚果 金钥匙
麋鹿马车丁零环响
纷飞飘雪淹没白兔脚踝　可凉啦

我想起回家的路
回头偷偷张望
黄色　绿色　褐色丛林
英俊　挺拔　高冠
画在明信片上
悄悄藏掖
带回遥远东方的家

随感：

英国 Wimslow（温斯洛）乡间庄园，丛林。

穿越百年历史面纱，这儿曾是纺织业园区，而今一片苗圃，农家，成一花园胜地。农家小院静默，野蔷薇、藤蔓满墙，乳牛暴晒日光浴，大风吹动纤弱菜秧摇头晃脑。

庄园依然十七世纪模样，红砖墙、高烟囱，古朴端庄。高树拂落大朵大朵盛情粉瓣。从前这儿贫瘠,而今鲜妍明丽,一派田园风光。

黑屋陈列着朴陋褐陶瓦罐,有一张照片上,一群美丽金发女孩脸上沾满黑乎乎矿土,目光期待未来,等待贫瘠餐食。屋内十七世纪纺纱织布机,规模盛大,仿佛再现鼎盛时代。

花园深处是一片丛林,满坡紫荆,早水仙,溪流潺涓,一派静谧芳姿。金发妇女们身着十七世纪礼服裙,粉桃脸颊,蓬裙纤腰,穿梭于织布机房。

这儿的一地芳蕤是英国人民百年辛勤而成,花园,庄园,丛林,茂蕤浅影,恬静芬沁,别有故事……

达西庄园

在水天相接的地方
有一座金色华宫
漫野　绿草茵　旱水仙
溪水淙淙　湖翠迸溅

峰区烟渺　山黛　起伏绵延
花容绽放紫郁金　白牡丹　红玫瑰
兰铃花　蓝钟花　绿绣球　争艳
金色阳光　金色发丝　金灿灿华彩
它的名字叫查茨沃斯·达西庄园

如毯草色　似釉彩　泼墨倾洒
团团绒树　纵横掩映　阡陌额冠
小绵羊　安卧　悠闲聊天
天际白云　辉映　朵朵　丝丝　片片
与世无争　享受　明媚　芳草　家园

葱郁大榕树　张开　千佛　小手掌
小松塔　摇摇曳曳
黄水仙　灿灿光鲜
天光云影　眸睫　星星点点
达西先生　伊丽莎白小姐　手挽手

漫步　初春　山脉　旷野
将永恒　交付　大自然

十七世纪　油画　迎面而来
俊朗飘逸　衣袂　蝶舞羽跹
色织如锦　雕栏庄容
贵妇　欢宴幽兰
一朵　晴岚　空谷妙曼

金丝绒寝宫　满眼惊颤
柳条儿仕女　花铃儿镜奁　青花瓷杯盏
百灵鸟　绿枝柳　歌嗓　欢鸣雀跃
春天寝宫　处处　美目巧盼

王室　葵花宝典　厚重　扉页
鸢尾花　红烛　金丝线　绣金匾
晶亮　水晶灯　莲花台　银勺　盏盏
新古典　浮雕　缪斯殿堂
安琪儿　欢娱　天上人间

金发　美颜　白色　花边　帽檐
皓齿　粉颊　明眸　纤腕　马车深巷
恍入　中世纪　古老　风情　小街

车入　深山沟壑　如临深渊

四．英国风景、风物诗集萃

疑似　马车油灯　古堡年代
寂寞深锁苑墙　与世隔绝
《傲慢与偏见》一幕再现

昔日　穷乡　僻壤　深谷　幽涧
今日　皇家园林　奢华庄园

惊呼　天壤之别
山路崎岖　陷入沉思　心沉甸甸

随感：
　　达西庄园又名"查茨沃斯庄园"，是一座英国皇家度假后花园。庄园左方艳阳鲜花圃，正前方盈盈开阔湖泊，天光云映。湖岸旱水仙草色爬坡，右侧峰区绵延横亘，极目无尽，阳光下金色庄园金灿灿华彩。
　　庄园内部，十七世纪大理石玉砌，油画色织如锦，神容兼具，俊朗飘逸，衣袂翩动，追溯英国历史的渊源浮沉。
　　金丝绒寝宫绿色帷幔，中国古仕女梳妆盒，精致银器，青花杯盏，百花赴宴。中国墙纸，百鸟绿枝，迎春清雀。
　　边角线悬浮古典雕塑，王室典藏书籍厚蕴扉页。餐厅银勺烛台玫瑰花水晶灯，灼灼月夜。
　　一楼白色浮雕神采斐烨，贵族人物油画，廊壁铺天高悬，尊荣华贵，流光溢彩。
　　庄园前，一群英国女孩，头戴白色花边帽聚会，活脱脱马车前走来的古典乡村女子……

到峰区徒步

冬日峰区

冬日薄雾
笼罩四野晨曦
穿越曼彻斯特
谢菲尔德

中世纪青砖石屋
雨中静默悄然无声

绵延日峰　高沼地
如毯草色　起伏柔美

茫茫旷野
云涌黄　褐　绿
高杉树　啸风而过
草浪翻滚轻吟
芨芨草身姿
顽劣　纤巧 轻盈

水仙　荆棘丛
偶然青草罅隙

轻跃密匝樱草地
石楠丛蓊郁沉静

乌云背转身影
迅猛豁开大口
大块天光流云
倾泻蓝湖芳池地

一垛垛高高石垒
蜿蜒延伸　茫远小溪
冬日峰区渺无人烟
挡不住远方古道热情

携手淌过淙淙溪涧
穿越深峡欢欣谷地

东风温蔼
阳光灿烂和煦
阴云隐匿　蓝天朗照
转瞬又一阵
丝丝淅沥小雨
披头士乐队号音

登上峰区
辽阔壮美无垠

一伸手
你可以得到
你想拥有的
永恒欢愉

春日峰区

冬草褪色灰蒙
漫野初翠
纯净蓝湖
直坠入你心底

野天鹅　鹊鸭
嬉耍涟漪残茎
小苇鹭婷立苇梢
雨燕私语

团团红绒绿翠
如竖琴
弹奏山脉
起伏丝竹雅韵

金线阳光
流泻金色树纹

知更鸟绕屋篱欢雀

金翅雀啁啾

黑琴鸡咕咕寻觅

墙角苍苔夜粟

高远

英伦人家

菱形格窗棂

棕枣栗窗楣

田园糖果鸽屋

小巧挺拔娇俏

玫瑰　酢浆草　蓟花

缀满庭院　路径

旱水仙　风铃草

风和春雨拂面

峡谷地

人们小如蝼蚁

似平行线

踏莽原负重前行

山脚下

小绵羊绵密

披上墨绿坎肩
草野闲庭漫步
咂巴露渍咸趣

苍野　小农庄
绿栎　红棕树
静美端庄
安宁瑞蕤
欣然拜访
春已到峰区

巨人之路

巨人每走一步
都留下一个脚印
她在寻觅远方挚爱

向海延伸纷飞零乱思绪
海风清新发丝拂曳

她仿佛听见爱人呼唤
看见悬崖边开满春日欢朵

空蒙海天尽头
爱人静静遥望涯岸
等候她的臂弯

脚下的
每一块砖布满他的思念

天涯海角
爱尔兰
海水潮涌起伏爱恋

随感：

巨人之路——北爱尔兰著名自然奇观，由千万块黑色玄武岩风化而成，四边、五边、六边形菱形状齐整布列，阵容浩势层叠，断崖延伸大西洋。

丽日下，大西洋海风裹挟海流，猛烈击打礁岩，海水穿岩而过。海浪时而啸澜岸石，时而消退，温顺轻柔。海天，潮涌起伏，蓝澈瞬息，海岸边每一块岩面反射鱼鳞般初阳光泽。

小诗中两位巨人，唇语落石，情爱缱绻海角天涯，每一块砖印，已然心心相印春日爱誓，飘落大西洋一隅，流逸大西洋彼岸。地久天长，巨人之爱，隐于阑珊夜海……

玛坡山庄

村落

凯斯夫妇
带我们来到玛坡山庄

村落小溪蜿蜒清亮
冬日古木林立小溪肩膀

张狂虬枝高昂不羁
马驹轻慢啃噬坡草

红樱草弥漫高岗
周遭静谧甘芬
踏泥泞探访海伦故乡

海伦的家

二十二岁海伦勤劳朴实
女儿模样男儿般硕壮
粗衣　马铃薯　硬面包
果酱　蔬素　粗茶淡饭
糖果蜜屋倒般配她

她的家　金壁炉白烛哔啵哔啵通透
胡桃木梯　麦浪瓷砖　铜把手锃亮
窗外草色掩映温蔼小农庄

入夜狂风呼啸玛坡山庄
荧荧牧野灯星明灭忽闪
鼓点密雨敲击菱格窗楣
宁馨妙曼　　幽谧农庄

她的朋友远道而来
烤制牛排　熏鱼　培根
白餐垫上
悠云城堡英格兰蓬裙
美人和风梳理温润绵羊
吉他弦音咿呀　哼唱画眉山庄

玛坡画廊

村落礼堂中世纪小画廊
神楚动人白烛朗月高悬
福祐人间　　沐致慈爱
苦难游走　　四野八荒

新生命怀柔降临

绣球花金丝绒殿堂

画幅上
苍穹下谁若滋生罪孽
良心请他安憩卧躺
妇人们掩面而泣　慈悲悯怜
可阿拉丁神灯不依不饶
惩恶赎罪分毫不差

欢聚

黑发人　金发人齐聚一堂
金发丝鬖卷儿　粉桃脸颊花
波斯猫蓝眸子　山涧脊梁小翘鼻
欢跳乡村草裙舞　歌唱油画山庄

玛坡人分发草穗纪念夹
牛肉煎饼　樱桃果子
蝴蝶糕点　东方饺子迎客
旱水仙玉曳　金蕊含露
暮霭静沐起伏　清晖山冈

农庄郊野

溪边红绿小艇

墨鸭一行行
午后玛坡慵懒舒卷
朗照青蔼和柔
百年石桥苍苔露湿
缺月初弓　古木柔绵

远峰阡陌纵横
冬日红草绿翠

驯马女孩

玛坡人家
爱砌红墙白屋小农庄
高坡俯瞰　四野翠微
树篱围起木马厩　驯马场
荆棘　红蔓草　淹没小马蹄

女儿家豆蔻年华
紧裹牛仔小裤腿
牛仔衣飒飒英姿
风儿吹拂马鬃毛
顺道拂拭她金发

马儿们绕树篱有些小疯狂
她的缰绳拽前方

扬鞭呵斥　驯导马驹乖乖听话
放马归山冈　可爱活泼巧农庄

踩上泥泞我们回头望
踢踏声声丛林清灰高岗
晚风旷野静默苍茫
生机牧歌草坡羔羊

告别彩虹

青葱树梢　转瞬高悬雨虹
小草明耀　葱绿油亮
它忽然开口说话

中英人民友谊　高山流水
玛坡溪流　如影相随
汨汨晶亮　澹澹流淌

斯卡伯勒海湾

今生的挚爱
怎能离开柔软胸怀
风中唱起一首哀婉歌
星夜泪幕如雨
纷纷坠落思念

蓝铃花绽放料峭花海
阳光轻拂她小脸庞
她站上城堡
等待鸥鸟衔来信件

她不曾忘怀
斯卡伯勒海湾
她和爱人
相依相偎　风笛誓言

快告诉他
穿过丛林荆棘　为他
摘满一篮子石楠花

快告诉他
带件水手衣衫出发

迷迭香幽幽
紫罗兰轻唱道别
晚风中有星水摇曳

快告诉他
今夜书笺凝睇
炮火硝烟已逝
凝望苍穹海澜
梦境恬谧芬晚

快告诉他
斯卡伯勒城堡
依旧风华正茂
悬崖耸峙
海浪花容草色

青山脚下
海岸线悠长绵延
鸽屋沙鸥白帆
斯卡伯勒集市
丽日热闹非凡

海潮阵阵轻柔拂面
雾霭花香静夜无眠

斯卡伯勒集市
海风中轻扬
爱人　我站在
春寒料峭城堡
今夜可曾听见

随感：

一九一四年十二月，两艘德国舰艇驶近英格兰北部约克郡村庄风景如画的斯卡伯勒海滨小镇。瞬时，英国人民奋起抵抗，战事一触即发，弥漫苍空。好男儿奔赴战场，和恋人挥泪离别，流传著名的《斯卡伯勒集市》歌曲。

而今，斯卡伯勒集市、悬崖青山、城堡、海岸线、海鸥、英式红屋鳞次栉比，鲜花簇拥盛开，盛景华蕊。那首充满深情，哀婉的爱情歌曲，还萦绕集市流传，如诉自由和平持久向往……

印象苏格兰

高地
辽阔　广袤　苍凉

无垠无际
缥缈苍穹

六月飞雪　终年不融
一色青黛　冰封山野
雪峰

重峦
绵延不绝　峻岭叠嶂
神情严峻

海岛
静默无语　古朴端凝
与世无争

古城堡
凌然傲世　统领群雄
昭告子民
写意沉浮

尼斯湖
碧波浩漪　清亮莹逸
掩映天光云影

苏格兰小镇
群峰扑面　葱茏掩谧
庭前繁花　笑意盈盈

苏格兰酒吧
优姿雅丽　红屋招摇
风韵婷婷

苏格兰女孩
月下芙面　金发飘逸
艾兰清芬

苏格兰男子
红绒格裙　白袜高靴
骑士武风

苏格兰风笛
彭斯之夜
唱苏格兰之花
笛音　邈远　轻送悠扬

天空岛
云　一朵　一片　一丝
湖　一丝　一片　一朵
天上人间　浑然天成

斑斓　村落　缥缈　高地
海岛　耸峙　城堡　护佑

旷远　邈邈笛音
一触即化　湛蓝

苏格兰之魂

随感：
　　苏格兰高地，冷峻，端凝，浩渺无际。山脉六月飞雪，海岛静默，亘古古城堡，天空岛湖水蓝澈，苏格兰小镇葱茏雅致。苏格兰整体飘渺，空灵，苍茫无垠，赋予清丽脱俗，冰洁特质和永恒魅力。

高沼地旱水仙

我是一朵朵晶晶亮旱水仙
漫游谷地　山野　庄园
摇动惊枝　吐蕊欢畅

一朵朵　一大片　一行行
金灿灿　绿茸茸　星点点
弥漫在山坡上

晴空云鹤倾诉我热爱无垠
密雨滋养广袤厚泽高沼地

了然忘却忧伤
我只顾眷恋春风漫漾

金发人儿摘一朵别发梢
心爱姑娘摘一朵系心上

我的金蕊皇冠
昂首翘盼剑桥水岸

殿堂人儿瞥见兰心蕙质
游走笔端吐睿青春芳华

绿华叶紫荆花盛开
丘陵　平原　山涧谷地

盛开英国人民朴素衣襟
昂扬　激动　生之向往

我只是朴素又朴茂
随处可见
一朵朵素洁小黄花
清新并不高贵风雅

迎风怒放
人民热爱的地方
消退所有溢美
我依然在风中
庄园空谷　漫游飘荡

华兹华斯故乡
安布尔赛德
古罗马栈道
安卧吟唱战事风霜

诗人水仙花芬芳
弥漫消融异国他乡

漫步春水　远黛微茫
我摇曳安布尔赛德湖畔

歌咏静静流淌
听诗人眷爱故土过往

斯卡伯勒而今花容遍地
我藏匿爱人书信等他回家

娇艳绽放风平浪静
我瞧见残缺城堡
德军窥视我的明艳　我的鹅黄

庄园主人
将我种植安放
他的百花园玫瑰房

孱弱的我　紧锁尊严掩藏
这福我怎消受得了
大自然自在呼吸　微风徜徉

少女们经过我身边
我虚掩芳容初露露华

马驹绕树篱路过家园
鼹鼠背一撂缀满明日天窗

我的密友们
深情阳光地久天长
达西庄园一起点缀坡阳

三姐妹镌刻我花容
热爱　素华　高尚

我来自苏格兰　英格兰宽广
山涧石缝罅溪不屈生长
屏息狂风　浇筑倾盆　汲养顽强

生生不息热爱故土
世世代代守候贫瘠土壤

英格兰优雅人儿
离开我的身旁
她们是否忧戚哀伤

明艳春天转瞬即逝
夏日暴雨接踵而来

英格兰高沼广袤无垠

我还在生长　生长　生长

随感：
　　旱水仙是英国随处可见的花卉，华兹华斯歌咏诗怀在安布尔赛德故乡，极目那儿的旷野，水仙金蕊在阳光下，华姿曳动，微风过处，清逸动人。
　　英国水仙朴实无华，不与群芳争魁，默默无闻散发的美质，和英国民众谦和优雅、内敛纯正相吻合，她们随处可遇，持久盛开在路过的深丛。

英国可人儿

三月桃花
盛开华威城堡
温熏和风沉醉花芬
柔荑漫舞飞扬
高大葳蕤白梨花
一夜朵朵绽放

无论苏格兰高地
还是利物浦　诺丁汉
曼彻斯特　伦敦大街
迎面而来娇艳
总让我满眼惊颤
顾盼流连回头望
桃园坠落仙桃花

一朵朵水蜜粉桃花
掐得出新鲜汁水
金线艳阳金发飘逸
蓬松自然绻绻儿
玫瑰发卡轻轻压

小翘鼻　红樱唇

深邃银杏眸子
天上星辰怎抵得上
迎面而来盈盈一笑
梦里梦外笑涡难忘

华威城堡艺术品小店
有位美艳女孩胜梦露
她的美我怎么描绘
素颜远黛含烟
音如天籁婉鹏
粉唇夜瓣轻抿

晨曦第一滴露水
滴落玉兰花叶
泉荫兀自幽芬
浑然天成金色璞玉美人
她朝我一笑迷醉我芳魂

我说她实在太美好
她羞怯摇摇头
月牙儿和星星
刚一照面
就把清辉容颜掩藏

华威城堡

旷野煦风草浪
孕育她朴实无华
蜜枣温柔可爱又端庄

英国各地女孩可不一样

苏格兰女孩
和天空岛潜质很相像
纤尘不染
如高地温顺小绵羊
思虑清澈纯净
尼斯湖水冰洁滋养

利物浦女孩
爱打扮小公主盛装
午后敞篷车
风中唱起奔放出游歌
夜总会浪漫歌舞
性情洒脱开朗

曼彻斯特女孩爱捧书
躺在翠色大草坪床
悠云鸠雀小松鼠
欢窜树篱把眼眨眨
这般肆意舒卷沉静

高蹈模样

约克女孩
人高马大又肥壮
维京人血脉绵延
豪放豁达野味儿爽朗
紫色衣裙紫色花骨朵
聚会欢宴青春潇洒

安格西岛女孩
神情和冬日暖屋
爱看小说
白皙老太太很相像
她们爱戴白色花边帽
穿红蓝格子花边裙
莞尔一笑有点小傲慢
中世纪贵族小姐内敛模样
优雅文静端庄款款可人儿

安格西岛旷野啸风
翻涌海浪　红嫣草色
白净灯塔　牛羊牧歌
夕阳山庄静美如画
这方水土
安格西岛女孩

从古典油画风景素雅走来

伦敦女孩　剑桥女孩
湖区女孩　玛坡山庄女孩
和简·奥斯汀笔下
三姐妹有些相像
蓓蕾花随处绽放
知性风趣优雅淳良

她们带着英伦范儿
乡间濡湿水气
旱水仙娇艳
紫郁金内敛
石楠花露华
弥漫平原山冈
陶冶谦逊礼仪
散发美德初纯光芒

湖水这般纯澈美好
她们　今在何方
我朝思暮想　扉页芬芳
又怎能
不爱上城堡高沼地
红杉树牛羊
静静织补我遐思梦想

随感：

英国花朵，奇姿异色，各地女孩的美貌与气韵各有特质。

她们的青春茂华，同水仙花浸润朴野，感受自然熏陶，由内而外蕙心娇蕊，秀外慧中，给这幅清怡田园风景，点缀迷人魅力：一朵朵小花，摇曳其中，幽华遍及，静沐天地芳华……

绽放水仙花丛——华兹华斯故乡

英格兰著名湖区——温德米尔湖
　美丽乡间　原野环绕
　霍克斯黑德　毗邻为伴

格赖兹代尔森林仰卧　南方
科尼斯顿湖西边恬静　流淌

山丘顶《彼得兔》唱诗炊野
　这儿的羊羔绵卧高岗
　　安然沉浸日辉

湖畔诗人们聚会　郊野田园
　草色里弥漫　清空诗芬芳

　团团绒蔓　伏卧山坡
　山雾迷蒙　峰峦渐入

红嫣草　石楠花　丛丛簇簇
　山野草坡　水仙流灿
　湖泊倒映山影霞薇

诗人怎不爱上

格拉斯米尔

美丽故乡

灰白色鸽屋

蓝钟花野　蜿蜒张望

哪位异国他乡远道拜访？

维多利亚银色别墅

素洁高雅

榛树葱郁　山桃始盛

初春时分　山色渐远

青黛迷蒙　无垠草芥　漫漾古屋

古罗马栈道　马蹄伤　风烟扬

漫野旱水仙　颔首　五星光芒

暮霭时分　小艇鲜亮　泛舟碧波

金蔓野墅　壁炉　火烛融融

绅士　淑女　怡然午茶

湖畔舟彩　木屐罗列

墨绿野鸭　游弋身旁

女孩金发　晚风中轻扬

谁落入谁的目光
美颜　生机　端姿容妆

山谷潺潺　群鸟啁啾
森林牧场
湖畔诗人春水诗行
无垠意趣田园风光

温德米尔　童话诗意故乡
心旌摇荡　酣梦城堡池塘

湖畔旁　摘朵水仙　抿心上
这般　田园景致

湖畔诗人们　怎相忘

随感：

温德米尔湖区是英国著名湖区，四周环绕美丽乡村和原野。

周遭的霍克斯黑德湖、格赖兹代尔森林、科尼斯顿湖，深邃湖水迷蒙无尽。

英国著名诗人华兹华斯、柯勒律治、骚塞等一批湖畔诗人，他们在此漫步，吟咏湖光山色，徜徉诗中，纯澈自然情怀，寄语故乡眷爱。

温德米尔湖，四面环山，晴和丽日，烟雾冉冉。隐居于此的华兹华斯，暮色里沿水仙花丛散步，灵感涌动。

山谷潺潺，烟云霭岚，鸟儿啁啾，森林牧场，激发诗人无穷田园想象力，浪漫思绪飘摇入诗。

　　那蜿蜒山谷，羊群安然啃噬青草，古罗马栈道令人流连遐驰。湖区，"英国后花园"，远离喧嚣，一派恬静悠谧，田园牧歌岸坻。

枕着忧伤——勃朗特三姐妹

冬日一抹暖阳斜射约克郡
哈沃斯小镇北山坡

艾米丽·勃朗特三姐妹
青灰石小楼墙
深巷蜿蜒遥伸茫茫峰区
教堂钟声轻轻敲响祷告时光

圣诞夜哈沃斯·艾米丽故居
挥之不去世俗阴霾哀伤
爱之渴望　生之荒凉　尊之倔强

积雪碾压娇艳怒放玫瑰
马蹄践踏树篱　石楠丛　兰铃花
冰凌风暴将孱弱三姐妹掩埋
红褐色深幽土壤

听不清小钢琴潺潺如水淙淙琴音
听不清小瓷碗银勺炊火赋诗叮当

看不见衣裙曳地包裹瘦小身躯
羽毛笔如蚁书写桑菲尔德教堂

壁炉餐桌　蜡烛旁　姐妹们
　　织补田埂磨破衣裳

　　再不见三姐妹　闲暇戏玩鹅卵石
　　追忆《呼啸山庄》《简·爱》笔法

　　荒凉原野爱恨堕落善良　卑微匹敌高尚
　　贫瘠单调冬寒时光　追觅热切生之向往

　　冰雪封锁小道　马车碾冰　油灯息微
　　夏洛蒂·勃朗特小伙伴
　　瑟瑟罚站小凳

　　师长鞭打　义工惩罚　苛凌责骂
　　劳渥德课堂　童工饥迫　入《简·爱》悲怆

　　故居后山
　　艾米丽采集《呼啸山庄》
　　隆冬　狂风呼啸欲掀翻堡顶

　　岩石嶙峋　冷幽溪涧
　　荒芜草野　封冻植被　囚禁丰饶
　　寒潮湿夜　土色贫瘠
　　点燃复仇反抗　荧荧星苗

牛奶　面包　马铃薯成奢望
眯缝小字　果腹讥凉　三姐妹
无力执笔　近乎绝望

牧野灯火如狼　莹莹烁烁
孤独　贫寒　卑微　遗忘　刺骨寒凉
深植三姐妹青春　天际梦想

栅栏深锁寂寞凄凉院落
三姐妹诞生日　拨动无弦琴音
人间难觅　一丝微笑　一丝温情
暴风雨旷野　訇然雷声
仅　闪现一线火苗希望

初春　青青草野　远黛微茫
热爱她们的人们慕名拜访
小巷川流不息　人来人往
有爱人间　有爱天堂
不再愤怒　不再绝望　不再忧伤

随感：

有爱人间，有爱天堂，勃朗特三姐妹可曾听见？

她们在人间没有一丝微笑，贫寒卑微被人遗忘。稀粥，牛奶面包匮乏，没有爱情赐顾。童年就读劳渥德学校，受尽虐待摧残。

唯一所幸，牧师父亲学识渊博，三姐妹感受旷野熏陶，写下愤世嫉俗、追求平等之旷世篇章。凉薄人间，姐妹们和弟弟都过早离世，人间留存她们的尊严诵语。

荒野暴风雨中，她们作品中的主人翁不为世俗所屈，忠贞不渝，顽强抗衡的内心，无人与之比拟，闪烁人性光芒。

小银勺、瓷碗、小钢琴、如蚁文字、羽毛笔、白鹅卵石陈列在故居，画册真实展现童工受虐这一幕。故居，夏洛蒂·勃朗特的黑色衣裙，包裹着她瘦小单薄身躯。故居面对小教堂，深巷蜿蜒，小巷尽头隐于峰区，后山的旷野荒凉贫瘠，那是三姐妹常去的闲暇玩耍之地……

五

现代诗集萃

爱春天毋庸置疑

眼看三月春融就要来临
　尽管拂面春风中
　　　夹杂些许凛冽寒意

我脱下爱情沉重外衣
　虚情假意里残存
　　　一抹真情暖意

裸露胸脯的鸟
竭尽全力亮起歌嗓
　急欲飞上高枝
　　　掠获春色芳心
　　　　莺歌燕雀叽叽喳喳
密林失语幡然醒悟
　　　不再邀约争宠
茫然落入春天贪婪网羽

我挽起黑色鬈发
　　高高发髻
　　　焕发好心情
睁亮棕色眼睛
　　　轻抚白皙肌肤
围系粉色围巾

穿上白格子薄呢大衣
　　　藕色花边裙
回到初春少女如梦气息

盼望三月柔和小雨
　　　不掺杂天空一丝粉尘
我欣然看见我热爱的
　　　青葱草芽儿从指尖探出
初醒婴儿般甜美润泽
　　　苔藓从它身边
　　　　悄然萌发盎然新绿
报晓春天即将降临
　　　离开阴郁离开挣扎网翼

我仿佛回到少女时代
　　　脚步轻盈浅笑低吟
美如春天蓓蕾花朵
小高傲　纯洁善良温柔心
闯入春天百花园如梦初醒

世间花朵千娇百媚
　　　心中春色只有
一片真实绿荫属于自己

或许明媚春光也只是暂时
可等候盛夏绿意更浓更密

明媚春颜——春色满园

冬末尾声
寒枝瑟瑟哆嗦
月季牡丹闭目唱曲

一只林雀站上高枝
啁啾春天心愿

六月
风绵软
黄鹂飞上
杨梅树高枝
踮起脚尖
尾巴紧挨明艳阳光
深红绛紫杨梅果
沾满小鸟们口水歌喉
那是它们最爱春天

五月
草叶润
萌萌蛙
温和笑而不语
从庭院深丛跳出

和蔷薇海棠花闲雅
那是它们
最美的春色和谐

天边苇叶
一对白天鹅
展翅
驱散冬日
最后一抹忧郁
相邀湖畔
交颈相拥雕琢春风
那是它们
心中默许明媚春颜

玉兰姑娘浅笑
山外云天
风种子撒向
姹紫嫣红
紫郁金　百枝莲
翕和细雨风蕊
薰衣草香薰漫野

春天杜鹃
衣袂可人儿
群芳潋滟

麋鹿远足山岭溪涧

这是它们

吮吸第一个花海春天

心中盛妍春色

柳柔娇莺

雨丝风片

流连天上人间

春和景明悄然

忧郁跃入欢快

苏州晓月

惊回首　煦风　叶影
　小轩窗
　　俏佳人　正梳妆
九曲回廊　听　评弹糯软清唱
　　　看　菖蒲柔姿苍琅

　　一夜
　桃红了沧浪亭
　　柳绿了唐寅房
　　　竹染了疏影水
　　　　荷满了拙政塘

　仲秋邀月正时光
　　青石小桥船轻漾
　　　青莲荷兜美船娘
　　　　吴音声里飘藕香

　小巷深处剪影忙
　　新婚燕尔巧扮装
　罗裙长衫折扇唱
　　悠悠江枫春草堂

问今是何年
愁眠轩　惊虹渡
　　半砚堂　水驿长廊
　　水墨烟廊

　　自古　柳浪闻莺
　　　都似　那　俏海棠
　　枫桥寒山　孤舟客子
　　钟磬皎月　眠愁肠

且听定园水乡翻绿浪
　珠涟萍聚
漫漾白莲浅月光

　　莫道不消魂
　竟把苏韵　枕梦乡
　　梦境晓月清唱

天空　路的记忆

您为我打点行李
您把合家欢
塞入衣角
您悄悄背转身
擦拭泪眼角

风拂过机翼
拂过白云脸颊
拂过叶脉林海
广袤绿草

海边
吹拂沙滩记忆
我儿时撒欢小脚

寒夜
您为我拨亮心蕊
整理寒衣　书笺
雨中
您为我撑小伞
默默温暖捎
纤影遮挡小肩膀

风雨中您瘦削

折一艘小船起航
您说　孩子
慢慢向前跑
妈妈前方探路
风雨天站前哨

冰凌季
别忘戴手套　穿夹袄
异国风光妖娆
不如祖国山水　小棉袄

海水漫过脚踝
浪花翻卷思念柳梢
今夜母亲可安好

临别将母亲
紧紧拥抱
拥抱轻柔的风
和煦云朵
和风儿絮细语
拥抱云间云雀
路迢遥

拥抱您眼角
含泪的笑
拥抱您粗糙手掌
宽厚温暖胸膛
温柔回眸
拥抱您和小叶子
草坪上
蚂蚱　蛐蛐儿　蹦跳

拥抱时光
从春跃入秋
冰凌挂寒梢

飞机起落
濡湿小叶子飞翔翅膀
小叶儿旋转　漫舞
许久不愿离开故土怀抱

天空　路
蜿蜒小叶子过往记忆
又一次　紧紧拥抱

青春耸耸肩

多么希望　青春不要
悄悄溜走
那时的我　一无所有

除了　青丝　与　明眸
匆匆　赶赴　前方路迢
忘了赏月　　忘了饥渴

但愿　　寂寞　　荒芜
莫　攀附　苍颜　心头

青春脸庞永远笑意红润
神采奕奕　欢畅　迷人

青春　紧挨俏腰肢　朝我
挤眉眼　甩长发　吹歌哨
耸耸肩　碰碰头　拍拍手

盎然春风漾柳

霏霏雨雪天

塞我一个热红薯饽饽头
倏忽一闪　汲汲溜走

打个哈欠　蓦然抬头
揉揉惺忪

我　仿佛　看见
千万朵　青春　梅朵儿
绽放那　隆冬　寒桠枝头

笑语浅盈　羞怯搓手
恰似林鸟飞入纷红
可动人

人之初悄临

森林里
樱桃树坠落
两颗玫红樱
小白兔塞酒窝儿
一对宝石眼咯咯笑

青草地
风儿忽闪忽闪
鸽哨鸣笛快跑

湖畔边
小顽童
鹅卵石飞镖
涟漪迸溅
一张鸟嘴儿蹦跳

苹果园
嘎啦果涨红
嘟嘟粉桃脸
咿咿呀呀乞讨

赛马场

堂吉诃德吹长号
塞万提斯鸣短号

小马驹儿撒泼
小蹄子儿找蒲草

拨浪鼓摇摇头
鲁比狗吐舌苔
咩咩羊呕巴绵草
小叮当瞌睡猫
小牛犊磨叽不愿快跑

水果味儿
花蜜味儿
抹茶味儿
牛乳味儿
胭脂香粉味儿
英勇小蜜蜂放哨

草缝隙
蠢蚂蚱蹦跳
呆螳螂舞刀
闹蛐蛐儿斗牛
臭金龟子炫耀

布谷声声

春天蹦竹梢

抱抱

随感：

这首《人之初悄临》描写新生儿摇头、乞吃、吐舌、舔手指、咂嘴、磨叽、撒泼、哭闹，人之初种种情态。

新生命诞生，给人类带来无尽惊喜。小婴儿端详自己手指，仿佛那是天外来客，就像滑稽荒诞、天真幼稚的堂吉诃德，沉浸于无知幻想之中，将村女视为美人，将风车视为巨人，将羊群视为军队，任随主观臆想妄为。

婴儿的种种举止和堂吉诃德一样，充满匪夷所思。

生命的开篇懵懂无知，孕育无限希望，竹节蹦出春之谐音，人类诞生新的掌纹……

胜利召唤前行

勇士
前进　无所畏惧
兵临城下
刀光剑影　所向披靡

胜利女神　前方矗立
歃血盟誓　高歌不屈

手持利剑　盾牌　高擎火炬
一寸寸逼近　一步步迫近

无惧火的吞噬
无惧刀剑封喉

无惧马匹倾翻倒地　践踏嘶鸣
无惧炮火飞灰湮灭

无惧血色残阳　烽烟狼犬鹤唳
　　　英雄泪洒衣襟
　　　黎明曙光召唤前进　前进

为了神圣土地

高歌信仰

收复失地
收复天空　收复爱
劈裂霹雳
劈裂闪电　劈裂雷鸣
我是虎豹猛兽
利喙猎鹰

天地赋予我无畏神勇
喷涌我年轻血脉张力

护我国土社稷　横扫蛮夷
胜利属于历史天光流云
星空朗照如荼大地

随感：
小诗以交响乐 Victory（《胜利》）的激情灵感而创作，谨献给为捍卫国土浴血奋战、舍生取义、骁勇威仪、所向披靡，向着胜利高歌猛进中华卫士们，致以最崇高的敬礼！

风鹏正举——江河日月海

江河　多么醇熟字眼
你是巨擘　朝夕　以雷霆万钧之势
奔腾青山不老容颜
承托激流誓言　浪沫飞溅碧海晴天

日月　高悬金辉暮霭
披霓裳　芳草朗照　栉风沐雨璀神州
玉露天庭　明珠灿璨　星辰　甘之如饴皎夜

江河　我们眼中永不褪色苍翠　一曲潋滟舒缓
万马齐喑　奔腾激越　磅礴万古江山
义勇军鏖战滚滚硝烟

日月　今夕焕新颜
五千年黄土天朗气清　乾坤明镜高悬
泱泱大国气贯长虹　冉升天宇海平面
中华后羿　勇射蛮夷　捍卫碧海晴天
英雄本色彰显

江河
无畏天地罹难　龙吟啸风狂飙
鹤立长城九曲连环　峥骨猛志永在

明月可鉴　阳光为耀　山水为容
翠嶂为屏　清风为歌　青天为憾

日月　星辰如梭　中华民族　英歌儿女
疾矢流星飞跃
揽层巅　凌云霄　蛟罅岩　訇列缺
天宇摘冕　敦煌飞天　击节赞叹

江河日月海　永葆青春高昂激烈
前行激流勇滩　风鹏正举谱新篇

赏析：
江河日月海，象征自强不屈的中华精魂，敬以诗讴歌其奉献。

理想家园颓颜

想拥有一座理想家园
果树结满红硕果实
院子鲜花清晨次第开

多么娇艳诱人
鸟儿晨暮啁啾
蝶翎冒昧造访
雨蜘点缀荷叶
欢歌锦瑟阳光
欢歌狡黠缺月

为了美好未来
我倾其一生
竭尽心力衔叶垒巢
燕子一样奔忙

理想家园
秋虫驻足　鸣蝉不绝
蜈蚣　黑蜘蛛　侵扰捣乱

我幽梦
五彩蔷薇铺满眼帘

人们惊讶而过
窥探哪家赏心美院
啧啧称赞盛世红颜

一觉醒来
娇妍月季千疮百孔
紫薇耷拉细枝零叶
丝瓜苗青黄掩面
喇叭花紧锁拒绝

盗贼击打果实
将芽苞花叶掐

一阵狂风吹散欢宴
万劫不复如临深渊
顷刻之间美好湮灭

院墙倾颓　阴霾笼罩
昨日茂华　今日颓颜

寻梦理想家园
平复昨日　今天

书畅

问君　今夕是何年
漫卷诗书喜欲狂

红楼歌舞兴衰场
　　　三国枭雄风烟扬
水浒飒爽英姿样
　　　西游神魔频换场

庄周幻梦蝶——《庄子》
离骚颂风雅——《离骚》
大小雅兼葭苍苍——《诗经》
史家之绝唱
帝王入梦乡——《史记》

宋词缱绻倜傥
　　　掩不住风流才华
大唐风华丹卉
　　　李杜诗赋泉眼

元曲珠红莺脆
　　　梧桐雨含釉棠
可谁人不知晓

花木兰着戎装

狐仙有情儒林哗
——《聊斋志异》《儒林外史》
啼笑姻缘起惊慌
——《啼笑姻缘》

牡丹亭芳馥郁
——《牡丹亭》
显祖低吟浅唱
名扬流淌市井巷
——汤显祖

百家争鸣始绽放——《百家争鸣》
左传诸侯争霸——《左传》
孔孟孺子传唱——《论语》

树人嗔笑且怒骂——鲁迅
林语道破堂
儿含乳啼香
——林语堂

说文解字入文章
——《说文解字》
求医问药千金方——《千金方》

巧工记绘建筑殿堂
——《巧工记》

青翠柏　瘦削竹
　傲雪梅　高冷花
清丽奇葩　明月焜煌

向日葵花盘

人生给我太多磨难
我把磨难当磨盘

磨出苦汁　磨出胆液
磨出向日葵花盘

父亲说
我的孩子
得重新投胎
富有人家多好
不绕圈儿

我对女儿说
舀些向日葵汁液
浇灌田野　清芬甘甜

她笑笑不明白
小小肩膀
怎扛得住风雨未来

花籽的未来
等那春夏秋冬到来

筵席合欢

告诉孩子呃
只要有蒲公英
种子存在

向日葵花盘
就会年年向阳转

随感：
　　向日葵花盘托起人间所有苦难，只要无惧艰险，便能风霜退却，雨雪换颜，阳光朗照向日葵笑脸。

阳光开花

走出门
阳光暖暖的
照在身上
你深深热爱它

你渐渐
靠近它
它灼伤
你的肌肤　你的脸颊
你晕厥　悸伤

家门口
阳光依旧暖暖的

如果有大风
你关上门遮挡
如果有暴雨
你关上窗抵防

如果有鸟雀叽喳
撒把米
哄散阳光眼底

风雨过后
阳光依旧暖暖的

你心上的
阳光会开花
花儿躲藏在
最柔软的地方
将自己秘藏

风雨无趣的
游戏结束了
心上的花绽放

因为它知道
最柔软的地方
一触即伤

它知道
小小角落心思
怎么给快乐插上翅膀

朝日凤阳

  云雀
  是什么让你这样欢欣
  让丰收谷穗饱满心意

   阳光编织金缕衣
   从林间到山巅
和风　和叶
和每一个相识者
   亲密絮语

   湖畔凤阳
    婉转莺啼
为黄昏
悲欢离合悠然谱曲

   快告诉我
你快乐源泉从哪流泻？
明耀星霖　闪电光明
溢彩　天空

  向诗人要回孤独　激愤
   向弱者肯定自信　前行

向年轻馈赠明日　理想

　　　笑声　骄傲　痛苦
　　　晨雨驱散阴霾
转瞬晴空万里

　　　高飞舞蹈　踩点节律
欢悦憧憬　喜极而泣

　　　是什么让你这样雀跃
我　索要秘籍

大地善良包容
每一位生灵
梳羽理秽
　　　平等爱戴天空痕迹

　　　拥抱　煦风　暖阳

草原缰绳

一个依山傍水地方
我想要采香蒲踏苇叶
心思雕刻核舟明月

海风吹拂鸢尾花
我和衣席地幽梦幻想

星空海潮汩汩
峭岩鹰隼喙利
山脚绵羊瑟瑟
牧人草卧风暴
山风雷鸣风掣
我心儿高悬天涯

天空　展颜　变色
草坡　绿黝　清亮
牛羊哞咩羊鞭快爽
马噬青草装模作样
山站立天高云淡处
牧人清澈把歌嘹亮

草原的家高坡山冈

风雪雨侵青色暮华
伢崽下地胫骨硬朗
胳膊肘子头狼落崖
灵魂交付秃鹫安葬

这个山明水秀地方
起伏山脉湿润眼睛

我拽紧马鬃毛
马头琴激越马背悠扬
邀约草原马鞍怀想

无垠纯净一览无余
匍匐宽广虔祈敬畏
天际草原高远驰往

琼枝玉露

世上的孩子
星辰露水滴落
清风丽日雏菊朵朵

牧犁牛栏边挤出初乳
欢快沁音清亮云朵

慈母托举慧目
洗浴过后激动不已

玩耍琼枝玉露
抿小酒窝细细品啜

哭闹多么无理又合情
只言片语无邪纯真

天使微笑与爱同在
鹦欢蝶闹蜂舞
清晨直至迷蒙午夜

蜜语藏匿
不为人知树洞

时间拾穗悄然摘采

世上的孩子
轻轻地离开
聒噪轻软窠巢

月亮皎洁
灯火　幽明阑珊
人间夜色　通达深邃

拨云书本迷雾
已然懵懂所悟

近乡情更怯

"江西今年大旱!"
"鹰潭土快焦裂了!"
赣江生意人摇摇头。

近乡情更怯,多年没回老家了。
祖上偌大宅子早分给乡亲共居。

天井喝茶,嚼土烟,糍粑飘香,
鸡鸭猪犬桌角蹭热乎。

扁担送来银鱼蛋蛋面。
孩子们叽啦鼻涕讨要糖果。

乡村木栅栏窗没有玻璃,
孩子们小手冻成冰碴。

英语老师咿咿呀呀走音,
羊角辫还没学生高。
课上半节孩子们呼啦收棉被。

那年蛙声嘹亮,星夜云散,
庄稼收成和陶土一样红。

竹板床夜空下丝丝凉意。

姑姑山路送别抹了一山泪,
我的心留着一头暮色青丝。

"家里几乎没人种庄稼,散入
各地打工,田垄大片荒芜"
生意人很平静。

"我们粮食从哪儿来?"
袁隆平从天庭洒落谷雨粟?
城里农村天空一麦稻香和穗。

老家影子渐行渐远,
唯乡音未改。
"你们是造无人机的一代。"

十字架上成长

每次成长
都被钉上十字架
阵阵破茧成蝶悸痛
我额头垂落泪流淌

我的梦想总是一片艳阳
现实毫不留情割去嫩枝
朵朵初芽转瞬纷纷萎落

向往　向往
心依旧在飞翔
不经意　目光搁一旁
挪移伤心荆刺话

突然明白我已成长
拥有世界无比坚强
如果世界离我远去
一叶劲草岂能
覆盖整片绿色湖泊

叶芝在意众人蜚语
爱美丽姑娘茉德·冈

刺猬扎进妒怒喉舌
牧人金靴漫步教堂

昨夜父亲微笑探望
抚摸我手安心离去
千锤百炼风雨交加
猎鹰羽翼霹雳避让

如果你还在困顿挣扎
请把手交付雨隙花叶
它告诉你
昨夜的风抚平褶叶
昨夜的雨交换霓裳
一线希望盎然绽放

我们一起成长
暴雨击打昂扬
颓靡唾弃怯懦
光明虬结树根
金雀高枝
娇翘尾翼歌嗓

世情偶得

天有天的敞亮
云有云的悠游

雀有雀的闲趣
人有人的自怡

云小瞧雀低飞
雀低估云高广

天空眼眸明晰
狂风吹散云与雀

人逐鹿
改换姿态

乌云忘乎所以
遮挡世间万物

试问
万物源何而存
源何而逝

人的情至奔涌
道人间旅程
悬崖岸竞相逐

小溪流的欢歌

不要问明天驶离的航向
鸟儿羽翼露水晶莹
美丽而沉重

不要问生活源头在何方
清浅溪流奔突
馥郁盛开无欲深处

快乐陪伴思虑
留给清澈一块垦荒田垄

不要向生机索要馈赠
生动翠色入口
总能发现流脉可欣率动

如果生活是一缕遐眺
平凡创造调和甜蜜苦楚

如果生命是一条小径
曲径通幽处形影爱始终

如果灰色遮掩你的眼睛

春天深丛林道清晰可镂

每天和微笑灿烂言和
无忧鸟吟唱欢畅溪流

高歌猛志·大海

大海　吟诵罅岩骇浪　啸澜飓风　天高云淡处
俨然诗脊梁　桀骜　峥嵘

沉静如煦　内敛集蕴　藏云风生　水起吐雾
涛涛碣石　俊杰亘古　灵魂高度

大海　深凝　海墨翻涌　中华人民身姿伟岸
今朝天宇湛湛　盎然物华

铿锵光明曙色　黎明前哨　自由呼啸
磅礴壮阔　江山之路

奉献如喷涌　奋斗如浩瀚　生命如苍澜

心灵如荡涤　思邃如万斛　丰硕如倾盆

生生不息　如海斑斓
晴空碧霄　海　所向披靡　无极之剑刃

大海
襁褓哺育世袭儿女　薪火息脉勇智相承

暴风雨降临

   天神在愠怒
飓风　人间恶行　霹雳　披荆斩途
雨　洗刷人间暴虐　黑色　暴风雨前沿
未知天明　心惊胆栗　惊悚　时疫
人类欢宴已尽头　困厄触撞黑暗礁岛
   谁来救赎狂澜？
我们坠入深渊　熊烟翻滚　绳索勒断
天谴　炮烙生灵　扼腕咽喉
   天之涯　请息怒！
饶恕无辜良民　善行良知　重现天日

风　吹着恶哨　啸吟而过　弃怜悯
淋漓剥夺贪嗔　渺茫　希冀
鲜红色　欲望洪流　血色芒刺
惊恐撑蒿而来
奋力挣脱狰狞
我们遥望世界　目之所及
尚存无尽罹难
彼岸　希冀与笑容浮漾海面
我们　怎忍心割舍心爱
孑然影只孤鸿　明日踏雪而来……

爱情剪影

如果你
落入爱情网羽
云心朵朵她剪影
金雀掠过
漫漾开思绪

不必畅谈
惊扰春心到来
一颦一笑
都是细碎甜梦

不必
在苦楝树下写信
这古老的传情达意

轻轻去敲门
你忐忑羞怯
屋外有茉莉花香
屋内有玫瑰发馨

天蓝情真意切
水流悄无声息

柔柳十指般纤细

桥下一艘小船微颤
风送萍花不紧不慢

风起苍岚　我的眷爱

听你声音　风起音乐
你是我曾经喜欢过的误解
由不得辩解与告白
从生命辉煌至荒野
挽留不住枉爱尘缘
所有不落幕希冀
遥想　缄默　抑或沉潭
轮回之境初纯笑容
清朗之色　花在盛开
如梦初醒　我的眷爱　风起苍岚
五月的
蔷薇飞上天　石榴花接落欢
我的心　灰色地带
繁茂人间
容我郁郁寡欢
收拢心绪　风和柔　羽轻悄
有什么能抵上　世间万物皆有
深情喻义　这般迤逦秾艳……

想和你一起去海边

想和你一起去海边
星儿起伏夜摇曳
海边有一所明亮屋
装满海鸥信笺
海水湛蓝半扇窗
贝壳铺满水床她枕梦
梦里水乡没有忧虑
少女情怀五月丁香
紫藤萝缀满月
折一艘小船儿启眉弯
海路如叶星天外
她走得很远　听见呼唤
想和你一起在云端
海潮汩汩涌泉而眠
云端满园怡色锦簇
今夜海边无人
秘密树影　风轻软
海边有座山　荡秋千

海誓

大海的誓言
写入波涛胸怀
湛蓝的底色汹涌之爱

海平面间或浮出温柔
轻柔的风刻绘帆吻
海韵　蕙澜拂面

大海的手
揽住日月星辰
延伸誓言魅力梦幻

织彩永恒之心至天树
树上花繁锦茂
赠予　爱情卉海

大海
在爱人眼睛花园停留
他看到她初颜如春夜

长发清风沁染
纷扬千番樱花雨

恰似　四月里水簪

大海
在爱人熟睡悄然退潮
他的心潮咏不会倦怠

相知相守灵魂归还爱途
此生无悔已是海柔初澜

一朵风中含笑

一朵玉兰在风中　含着笑
带些雨泪滴露　飘摇曳舞

有人说它是圣洁柔韧坚毅化身
有人说它为死亡与新生儿接生

它有自己时序
不容置疑春天乐观情绪

它是美好时季肆意奢华
从城市深巷低落期破绽
时光铺展　温朗　宁馨　和煦

俯视雨尘蓬头垢面
幽幽自然创作
高瞻人世朴素无华

赞美赴汤蹈火涌泉
和它最深处高尚

它为她们唱一首歌
没有颂词英雄谱的曲

仰望色泽和晴空一般

在风中　早春萧瑟园

专注于洁白

随感：
这首诗献给新冠肺炎疫情下的武汉和所有抗疫白衣天使。

山水合泽

有山的地方
水也跟着绕了过去
一湾　一瀑　一潺
不经意撞个满怀
细看那山　有姿有态
水　有眉有眼　依山傍水
合体定然前世有缘
山有棱角　水音温婉
性情倒也琴谱相谐
有水的地方　席草蔓生
山也相藉　明朗葱峻
没有鸟惠顾　山空灵无声
没有惠风一闪　水喑哑黯淡
　鸟　风　邀约云　水墨风景
山　玉带蜿蜒　水　繁花遍及

金丝雀

笼子里的金丝雀
风经过　妒它
羡慕它　多么无忧
时不时被人
拔去几根金色翅羽
痛苦　挣扎　抗争
挣脱笼桎还得经年累月
它得　咽苦楚　披霜麻
它　渐渐红颜消退
爱无力　恨无由
多么羡慕林子里
自在飞翔的伙伴们
尽管它们得为
觅食　奔波烦忧
欣赏过它歌喉鸠鸟们
纷纷寻找　新的伙伴
叵测人间它累了很久

秋意漫生

怀抱一朵秋云
睡个午觉
赴一场金秋约会
和一华锦树　合个花影
装帧一坛　丹桂飘香
唤秋葵赛一场　金花
醅一盘　琳琅珐琅瓷
慵懒时光　倚栏枫亭
望远黛　情怀深处
看　荷芙伴雨
残叶轻萍　水径而涟
女萝着蓑衣　鸣水琴
空楹花语
回忆人间至味
纷飞花絮　风墨淡痕
秋随意

苏绣女

苏州绣娘
爱用彩丝线
绣鸟枝玉兰
幽云　疏竹　流潺
晴鹤云雀

素心
落入　幽水潭
梨花白　桃花苑

绣一言灵动鸟语
芳草萋美如绢
斜枝掩映清柔

绣一张
风花雪月庭榭
路过一片
温润如玉秋池

许是她爱人间已久
绣娘攒存细碎赞美
云袖裳裙采桑穿丝

斜阳深深
问绢落谁家墙垣
拂拭她的青葱岁月

路过没有路的秋林

蓝花，恬草铺展
紫丛一团团薄雾
静静小河碎漪
秋林影影绰绰
朦胧瑕瑜
掩藏不为人知心事
她内心思绪涌动
没有鸟雀打扰
没有路
无人问津寂静
河影发髻柔软如朵
她衣裙洁净
天色薄冥闪亮
想起净秋苞谷
棉花等待收割
她加快匆匆脚步

如逝的村烟

淡淡的炊烟
似乎忘却记忆深处华年

阡陌村落消逝小溪
勾勒对慈溪最长情告白

摘一片河边紫藤花叶
藤蔓落入秋风无言纠缠

野蔷薇枕上水岸河畔
听我诉说飞过堂前廊燕

掬一棒水清湾
心中田垄漾起村道牧歌

梦里水乡唱起轻快小调
豆荚，芙蕖，夏麦一同盛开

石坊歌

一把稻穗绿了山野
一捆薪柴暖了炊烟
一勺干盐欢了锅盖

一件新衣甜了孩儿脸
一颗心悄悄融化脓血

听说
有人爱成蜿蜒

油麦豆荚众星拱月
翠色徜徉高广擎天
阡陌乡村人人汗颜

儿的脐带娘牵
自古血肉相连

生死存亡儿争先
母病慈孝通宵夜

开河垄渠捐粮麦
抚孤育才名医篇

一道道石坊欢歌列
一朵朵葵花向阳开

一茬茬麦浪舞孝拳
一颗颗橘苗叶素洁

千门万户彤彤叶
百家息脉相绵延

我走过郊外

我走过郊外
孤独和梦境远方
脚下野草告彻痛感

彼岸花盛开　漫野谷物
九月时雨浮浮沉沉
黄昏一跃而起

云烟有时
相逢离秋转眼挥别

我听见天籁邈远潺音
高寒处雏枝柔软

我来到无人郊外
任风雨侵凌长发
寻一处幽谧情愫

遗忘谷穗欢欣
遗忘湿润时光

青枝绿叶

大地抛给它
一枚橄榄枝

朗润它青枝绿叶

不过度索取
只一味奉献荣华

它的光　它的暖
爱　褪华躯干

轻轻碾压痛楚
随风追随舞蝶

涂抹斑斓
刻绘釉彩
上演落寞盛景

思虑伤秋
心碎预示圆满

如是歌者
寒林日斜
濡湿风月

云（一）

风　从她身边
绕道吹散所有
又汇聚所向往一切

柔软接受　世间万物
情感馈赠　慈柔付出

　　缠绵心灵最高处
倒映清影　变换瑶姿

　　晨起妆容素颜照人
清粉之夜　裙佩秋水

　　一袭月辉初上
云浮丝语　风动琼林

　　爱看没有瑕疵云絮
心澜悠然涌动

云（二）

变换柔和线条
流畅于大地　海上
夜空琴音潺潺
弹奏千门万户
喜怒哀婉

洁白
托付终身与你
望你
喜欢上她沉静
守口如瓶欢誓

风　雨渍令她
消散无形
她不畏惧荆棘
因为
此物触碰不到
她的底线

她逍遥什么
人间万色焜煌　迷离
流溢　青春情致

踏雪而来
披蓑而归
归属天空　清零

抽象派画幅
展开森林　草地
溪空　浪漫联想
满眼　满屋　及至
高远　遍地

旷野　牧羊犬
可以嗅到她
恬馨而迷人

有心采撷　如兰蕙质
濡湿感动　大地祭坛
周遭　相融一起

胡杨老去之时

当我们一起走过
天鹅之湖畔
吟诵一首大地诗篇

那里有
南方柔绵　北方狂野

啸风里　心跳麦浪原野
雪野雾凇　阴霾消散

不必忧虑　秋位移夏优姿
隆冬静穆　为富有大地依恋

胡杨挺拔身姿　终有老去之时
没有什么　比青春更值得沉淀

频频回首　浸没　水云天路
金黄秋色活力　铺满清亮云彩

有山的地方　必定水潺湲
有草的灌木　厚泽安馨家园

我们　一起走过青春岁月
看沙漠之隼　风暴之路诗篇

青春的云絮

青春的云絮
洁白　绵软　莹润

一大朵　一大朵
天空轻盈飘移

急于倾诉内心渴望
匆忙游走人世旅途
延伸最美好的风景

夜幕降临之际
蓝底映衬迢遥明曦

峰云起伏壮观心语
抒写所往波澜感悟

远方的云渐渐暗淡
星云来填补它或缺
尾随遗羽层层递进

观望它的航程
雾气弥漫眼睛

美好降临之际
纯净为它遮挡风雨

解冻

很长　一段时间
我们被压抑恐慌笼罩
白茫茫　天空
不见　葱茏倒影
压迫感　时时袭来
所爱人间黯然失色
祈祷等待　舒缓一刻
日暖　刹那花开
满树粉红色　樱花
解冻　冬天冻蕊
蒲公英漫舞飞扬起来
一个明丽早晨　希望
枝繁叶茂　舒展
我们看到生命复苏
爱的人间　轻盈丰富
诉说着　感激和动容
罹难　劫厄　湮灭
笑和泪　喷涌而出

婚姻的摇床

梦　开始地方
花香裸足夜雾
弥漫诗意

无人花园　沉浸
幽幽向往　湖面浮出
天鹅　动人姿色

女人们开始跳舞
自得其乐　滋润自如
摇床　顿生非凡冒险之意

有风来仪　有雨相侵
摇床倾颓　斑驳陆离
只是藤绳　未断往昔情意

女人们
跳了一场　华丽华尔兹
筋疲力尽　倒向枯萎花床

只为奔赴
爱情　婚姻不朽使命

如果　能独立
尊严　站立谢幕
观众　座无虚席

帕米尔雪原

断然不敢描绘
圣洁的肌颜　在
云端　雪山　湖畔
没有一种颜色　能
胜过原始白色质地
单纯　无瑕　晶莹　心灵
高悬在那　峰会思绪
和着风雪节拍吹送吟唱
它的　坚冰与柔软
埋入泥土　坚实厚蕴
包容树种　草稞　虫卵
邈远不息　冬凛万物
催生希望与腾跃　和
它们浸润　融化脉动
大地　芳华盎然
帕米尔　高原
看见　有人　伫立
永恒经典

回音壁

生活给我们一百次挫折，
一千次梦想，一万次回答，
总有一粒种子会生根发芽，梦中开花。

别失望，失足悬崖，拽紧虬根，桠枝，
踩点基石，努力攀援，天空之晨
一抹蓝色拥有　无尽向往……

生命本是一场起伏博弈，
一路追随遥望泽空，心灵蓦然豁朗。

森林中雪庄

惊艳到了
从指尖到沉睡花瓣

山庄做了一个白色梦
森林皎洁起来

月亮在偷笑

银装素裹甜果子
打了霜色粉底液

小精灵们推推搡搡
落向山腋窝
打闹冬天童话

红色鸽屋口噙樱桃
吹送一缕缕霜雪炊烟
风袅袅婷婷观望

榛树　枞树静默
等待鹿角温柔　靠近

有一个天真孩子
站在山道岔路口
眺望白茫茫林场

理想道儿

世上有一条
艰难朝圣道路
唤作理想
只为勇武之人
铺设朝令曙光
它在阿尔卑斯高峰
自由滑翔
不畏天势魔杖
摆渡灵魂舟楫
执着修行
真理为它护佑
奉献自由落体
美丽弧度
许多人沿这条道出发
泥泞化为坚定
坎坷定位路遥
这条艰辛道路
普天下　有我　有你

梅

冬雨访梅
未见梅影　暗沁风止
恰如秋波　梅雀枝头

蓦见　一树锦梅
散漫疏枝
倚仰　帘栊　骨骼清奇

折梅插瓶　骨朵裙开
光阴落瓦　玉色嫣然
日月烟朗　远棠　山水

寻一朵　素颜　绿萼梅
暮雪之夜
剪剪风吟　雨雪琴筝

东风毓秀　映雪照暖
纤云流灿　燕语林春

千万朵　融雪画眉
千万回　艳羡彤云

竹影

曲径通幽
几株素竹
盈盈丝竹雅韵

疏倚墙角
松柏和鸣
徽墨古韵情致

文人扇页
翠微竹衣
蟋蟀草堂琴诗

舞秀山水
一袭青衫
凌空瑶阙晓晴

幽篁濯缨
寒泻清芬
风筱轩阁逸林

雨前滴翠
沐风晚亭
榴花杜鹃声啼

垂钓人

冬日小湖畔
藻荇交横斜阳疏影

假郁金香邀约争宠
永远失却真实的春天

清浅湖底没有一条小鱼儿

有个慈眉善目人儿
日出日落静静垂钓

望着垂竿
望着湖水
望着湛湛天边

我路过他身边
坚信小鱼儿和春天
在他怡然自得的水岸

给深秋铺一张草垫

天上季节换彩的时候,
地上季节还没有变,
等菊花落地的声音,叶焜煌璀璨。

深秋鸟听不见季声,找不到栖息窠巢,重重摔落庭院。
垂落脑袋,蜷曲四肢,奄奄一息,五彩羽任西风侵凌。

如果有谁,正抬头看绚丽迷人天空,听草丛鸟落,
请转告深秋,给柔弱铺一张草垫。

遗失记忆繁华

是的,我要走很久
米缸空了有些苍凉
斑鸠永无休止歌唱
湿苔微微发黄
找寻失落月下
遗失记忆繁华
找寻只言片语忧伤
浮起的心沉淀落寞
额头鬓角些许白发
如水日子总是流淌
我还依偎在深巷

是的,走了很久
还是迷失方向
无眠月影隐没今夜

呼吸人间

我是一条残喘小鱼
肺在憋气　浮不上湖面
想靠岸　看看美好人间
一朵　白雪花　落浮萍
看它融化化作春天白莲
我头顶　白色眩晕
只有　莲蓬簇簇
鲜活黝黑影子
坠入　坠入……
哲理　理性　念想
分崩离析
抓住唯一那根枯藤
奄奄一息挣扎
生命　有许多色彩
我热烈追求过　深爱着
比如　有爱的金色阳光
无畏勇气　青春　容光
绿色草野　总有希望引领
还有　云朵　果子甜梦
孩提般　滋润且单纯
我也曾哭泣　纠结　迷惑
生命孱弱意义

现在想来　多么卑微浅薄

一切　都不足挂齿

一切　都可以重新逾越

如果允许我　绕过蜿蜒路

祈祷上苍　依傍自己

让我　再次　呼吸人间

烛光中的父亲

紧裹襁褓
我听见父亲
轻轻摇篮曲
摇着童梦摇着皎月
我呢喃酣梦到天亮

一勺羹汤哺育雏鸟
手表带轻敲小手掌
已是心涧最重惩罚

沏一杯麦茶暖炉灯花
白头黑发书海我们起航

寒冬拽起小手塞入胸膛
驱走冻疮融化寒凉

您说乡村有许多小蜡烛
无法在红土地闪烁光芒
牛羊哞咩稚童锄犁
牵走遥远大学梦想
忧伤灶炊
熄灭青春邈远理想

您说您是那支

侥幸燃烧的蜡烛

要好好珍惜

皮埃尔·居里晕光

硫酸　硝酸　放射线

腐蚀朴素衣衫清癯脸颊

星夜川流山高水长

页页书卷

传送孺子肩膀

遥遥陪伴奔赴偏远

助理感同泪花倾洒

油炉烟冉

您匆匆放下早餐

时光催促别煲汤

关山飞度　激流险滩

星火步伐　鏖战酣畅

依偎外婆

儒雅家书

暖凉归乡兄长

先生回来了
邻家阿婆闻声送上
园丁向您鞠躬
您说　老师
您尊尚

皎皎中秋夜
一个月饼
我们四个人分享
尝一只螺蛳
喊一声爸爸
孩儿脸丰润满仓

您常说
别人蜡烛慢慢燃
我的火烛瞬时熄
因为每天真忙

您总说
我家笑声夜梦长
欢颜过后展忧伤

烛火一夜燃尽
父亲　今夜谁陪伴您
为您抚衣疗伤

天寒保重　脚步慢慢
女儿心头切切牵挂

忽梦您呵呵笑语
齿轮鞋袜
今朝神州天路高广

航行船捎上
揽飞天　翱神游
赴汤蹈火您赶忙
不灭烛火
激情重燃中华

许我一世眼泪
听父亲歌唱

随感：

这是首献给父亲的诗。

父亲一生奉献科研事业，二十世纪七十年代末攻克电镀难关，永久牌自行车、小天鹅洗衣机得以问世。

父亲儒雅、清正，平易近人，无私奉献。他将技术毫无保留地传授于来访者，一年中三分之二的时光投入科研，衣服常被化学试剂腐蚀。他放弃坐飞机，陪伴助理坐火车远赴千里，理想之光召唤他前行。

父亲抱着襁褓中的我，昼夜不得安睡，和衣躺在长凳上。

偏远村落成就他一个大学生。那年头，落榜后一生将依土地生存的学子们，在田埂抱头痛哭。

　　父亲求学勤奋、节俭，一生朴素，中山装、白衬衣。我的家贫瘠而富有，因为有这样一位好父亲。

　　他的生命仅四十五年，烛光一夜而熄。敬以诗送上对父亲永恒的爱与怀念……

　　在人们的车轮脚下，请记住曹盛禹工程师……

六

古诗鉴赏集萃

和春咏梅

寒梅

啜寒露,休冬雨,玉楼掩映万重户。月影沉静冷香幕,红绡眉梢梅几度。

淑梅

玉兰萼,招梅朵,洗练碧空天水色。歌舞幽芳落枝核,馥郁傲梅兆祥和。

晚梅

夜风澜,幕西沉,锦瑟落华覆香案。独茗过往浮云鞍,竹篷清幽光华黯。

锦梅

锦鲤池,花树塘,新枝焕然融雪迟。一树锦缎一树织,莺红迷眼百蕊痴。

落梅

花倚红,谢亭峰,月照梅梢情转浓。有约憔悴楚楚动,落花轻骨过梅风。

梅溪湖莲花

窈窕未及美人腰,清风得来莲花窑。

玉骨择枝蕊为洁,不问污浊立人间。

小雨初探青枝巷,丽音轻敲芙蓉厢。

风动荷气晕墨萍,一朵风姿露水滨。

芙蓉惊破皎月帘,翠盘曳动莲叶涟。

露骨冰清化夜澜,一轮清颜枕月潭。

中式庭院

萼梅点怡红，清风疏雨桐。彤影透雍容，廊檐花慕容。
小坐假山亭，千年无梦忧。

竹萃倚晚墙，蠛蝶入其中。松柏冬愈勇，苍翠凝色重。
轩影倒晴空，春艳待从容。门庭少罗雀，兰草谧清芬。

听雨过人家，惊扰浣池鱼。急欲游离宴，鱼鳍陌相从。
月色生情致，庭院久穆慵。明日添和煦，素洁胜繁冗。

梧桐雨

长生殿鸾凤金宵，梧桐雨更漏滴残，华清池飞溢午箫。

春风帐暖美人怀，玉枝宫萼薄幸宠，阵前芙蓉泪飘摇。

恩浩荡，擂鼓哗，军不挠。命劫雕梁栋，终篱人薄命花。

芳菲尽，残粉消，枉弄娇。鲛绡血泪和，与君别垣坡道。

梅瓶

犹忆起，红梅萼，冷丸香凝。
纷飞暮雪，舟冷清行。
看墙头，一孤芳，横生枝节。
叶蝉簌簌，潇夜吹雪。
梅花漫雪，冬风金缕，渺音空凤，
霜梦应觉。
西厢艳淡，红楼梦衣，凝水芊芊，
温柔婵娟。
盘中玉翠，燕妮穿柳，歌舞锦华，
婆娑春啼。
相思心结，昏黄月半，殊途远岫，
竹篱酒酣。
富贵功名，光阴半竿，赫然山脊，
消磨几重。
梅瓶新枝，失颜负才，江秋万顷，
晴雨含烟。

茶欢

茶尽，夜入。
庭前客，散诗欢。
翠罗婉云，袅袅余音。
曲苑对长歌，杳然峰落檐。
明前谷雨掐青，阳羡半坡翠银。
饮尽一壶花间词，细雨清茗摘青烟。

行笑歌

鸟过松风林，啾哗轩辕亭。风筱过绿溪，隔江观岫云。

舟渡芷薇畔，我心缱何以。山石明月涯，筝落隽秀琴。

从君烟水茫，物我两迷离。行笑桃源境，返璞归性情。

江南一枝春

一弯胧月
静泊桂棹兰芝

晚风栀子
素簪翠影
烟笼溪柳江南

明清石径
晚唐曲风
古桥月堤浅莲

春暖纱箪
楼榭风和
映客青藤绿蔓

莺啼枝鲜
碧波夜梦
春生雾缘山黛

丹青小窗
粉妆堆砌
歌舞幽芳徘徊

雨过丝竹

轻烟紫曦

纷纷花落楹栏

玉箫深眠

羞笔巧画

峨眉轻描江南

渔颂

远黛凝碧空，漓江四时同。
却向深远处，鸬鹚唱渔颂。
渔舟荷仔归，渔人心意足。
江水影瞳瞳，暮霭酒色浓。
萧绪蓑笠翁，独酌秋月风。
笸箩小情重，窗牖暖晴冬。
锦语水远长，景梦怀秀丛。
古今兴废事，渔樵摇夜梦。

诗经，蔓草而来

有一美人，蔓草而来。
音韵婉如，衣裳尽着云锦。
垂蕊为佩，流苏芷兰，柔荑比肩。
行云矜思，怀春采薇，桃隐湖荇。
抚琴和吟，采苓窈窕，水央而生。
河湄道阻，漫溯苍苍，辗转夙寐。
泊野之舟，梦行月夜，载思悠长。
安将其语，织文风花，清溪醅茶。

周庄

小桥拱月柳色依
   春雨挑眉画萍移
一剪燕尾绕树篱
   十台茶庄戏青衣
舞榭小凤风儿鸣
   乌篷轻悄怡幽明
百年沧桑古木霖
   烟笼禾稼归故心

漓江清韵

疏影沁寒霜，
漓江芦苇小桥瘦。

晚眉画翠柳，
弱不禁风入寒秋。

篱人道温柔，
风竹秋韵水盈盈。

远黛描萧瑟，
芳草无情惹曼愁。

烟笼倚斜阳，
一枝梧桐尽黄昏。

光阴过千红，
叹幸名无语薄留。

本书作品均为原创，集作者多年艺术诗歌创作之心血凝聚而成，所涉油画诗多以艺术家同名作为题而作。

本书于二〇二一年十月完笔。